ちはやぶる　神代の高千穂

有田裕子

文芸社

装画　阪本朋子

もくじ

ちはやぶる　神代の高千穂

はじめに

高千穂《たかちほ》山中で、白骨が二体見つかった。殺人事件かと警察が出動したが、白骨が二千年以上前のものだとわかると、人類学者の出番となった。

白骨は、男女一体ずつで、寄り添うように埋まっていた。二人の間には飯盒《はんごう》があり、その中には小型のノートが一冊と青い色の木片が入っていた。ノートは状態がよく、書いてある字を読みとることができた。

1　ぼくは十四歳になった

ぼくは今日、十四歳になった。誕生日のプレゼントに、ユリがこのノートとペンをくれた。ノートはB6判で、何の変哲もないが、ものがいい。ペンも書きやすくて、字が上手になった気がする。ユリは目が高い。

ぼくは、これからこのノートに、ぼくが本気で考えたことを書いていこうと思う。

もう一つ、思わぬプレゼントがあった。ロバだ。これは両親から。愛犬ベルが交通事故で死んでから、ぼくは気持ちが沈んでいた。もう犬は飼いたくないと思っていた。この前テレビにロバが出てきた時、思わず、

「ロバは、かわいいいな」

と、ぼくがつぶやいたのを、両親は聞いていたのだ。

それは、庭の木におとなしくつながれていた。学校から帰って、それを見つけたぼくは、驚きと喜びで、はだしのまま庭におりて、ロバをなでた。ロバは、犬に比べてずっとおとなしく、しっぽを振ったりしない。でもぼくが顔をなでると、頭をすりよせてきた。やわらかくて、あたたかい。生後三カ月でメス。

「おまえ、名前、何がいい?」

と聞くと、庭の垣根ごしにユリが顔を出した。

「ダナエはどう?」

「えっ」

「『ダナエの愛』というオペラに、ロバが出てくるの」

「ロバの名前なの?」

「ヒロインの名前よ。彼女は、黄金よりも愛を選ぶの」

「おまえ、ダナエでいいか?」

と聞いたら、うなずいたみたいなので、もう一度なでて、ダナエという名前に決定した。寝わらとエサは父が用意してくれる。そして、毎日ぼくが世話をする。

2　ぼくは、数学が好きだ

この頃、数学がおもしろい。今は、幾何《きか》の証明問題を勉強している。条件、仮定、結論という言葉もいい。……とする、したがってという言葉を使うと、かっこいい。以前は計算ばかりでうんざりしていたが、今では数学っていいなと思う。しっかりと勉強をして、将来は数学の先生になろうかなと考えている。

そんな話をユリにしたら、

「アトムは頭いいから、数学の先生になれるよ」

と言った。ぼくはびっくりして、ユリの顔を見た。ユリの成績は、体育も芸術教科も含めて、全部A。クラスでもリーダー的存在で、先生からの信頼も厚い。

「頭がいいっていうのは、ユリじゃない」

「違うわよ。私は、努力と事務能力の高さで、この成績を保っているの」

「そうなの」

「そうよ。だいたいアトムは、テストでいい点取ろうとか、思ってないでしょ？」

「そんなことないよ」

「何を言ってるの？　テスト前でも十時には寝てるくせに」

ぼくの部屋の明かりが消えるのが、ユリにはわかるらしい。

「いい？　普通はね、テスト前に、テストに出そうなところをおさらいしたり、覚えたりするものなの」

そうなのか。

「でも、アトムがやる気になってよかった。成績はきっとよくなるわ」

なぜか、ユリはうれしそうに家に帰っていった。

3　歴史もおもしろい

二年生の社会では、田中先生に歴史を習っている。田中先生は、いろいろな見方を教えてくれる。歴史には、権力者同士の争いだけでなく、経済や文化が深く関係していること、物事には、いい面も、悪い面もあること。江戸時代の鎖国のせいで、日本の文明は遅れたが、実際には世界の情勢を見ていたこと、そして、日本は金の流出を防ぐことができたことを教わった。

ぼくは今まで、だれとだれが争って、だれが国を支配するという話にうんざりしていた。しかし、歴史とは、そんなものではないことを田中先生は教えてくれた。

歴史は事実の積み重ねだけど、その流れにはわけがある。ずっと社会は苦手だったけど、授業がおもしろいので一生懸命聞いている。何でも頭に入ってくる。ぼくはちゃんと勉強して、役に立つ人間になりたい。

今日は、帰り道にユリと一緒になったので、歴史の勉強の話をした。ユリは、いつもより一層ぼくの目をしっかり見て、話を聞いていた。

「やっぱりアトムは頭いいのね」

と感心して言った。

「どうして?」

「アトムはね、自分の言葉で考えて、自分の言葉で話しているの。お父ちゃまがよく言うの。自分の言葉で考えて、自分の言葉で話すことができる人だけが、自分の頭で考えることができるって」

そんなものかしらん。ユリの父親は情報省のエリートで、なぜ九州で仕事しているのかわからないという話を聞いたことがある。歩いていると、じきに家に着いた。

さよならを言う間もなく、ユリは家にもどり、着がえて、うちの庭に来た。習い事がない日には、よくダナエの散歩につき合ってくれる。ユリはダナエの首をなでながら言った。

「ダナエ、おまえは本当にきれいだね。灰色の毛が光って、目が大きくって」

「ぼくがよく世話をしてるから」

「生まれつきよ。スタイルもよくて、賢いし」

「確かに」

「生物学的に言って、美しいということは丈夫で出来がいいということなのよ。美人薄命なんてうそよ」

ユリは何でも知っている。よく本を読むし、いろいろなことに興味を持っている。ぼくはユリの話をふんふんと聞くだけ。

今日は、近くの山に行くことにした。山といっても、十分も歩けば頂上に着くような小山で、ユリとぼくは小さい時から、ここでよく遊んだ。一度などは、ユリの片足が穴に落ちて、太ももをケガしたことがあった。ユリは走って家に帰り、ぼくはユリの名前を呼びながら、必死で後ろ姿を追いかけた。本当にあの時は、怖くて情けないと思った。幸いケガは大したことなく完治した。

ダナエは、散歩しながら、いろいろな草や木の葉を食べた。ぼくは最近なんとなく区別がつくようになった。まず、においがきついのはダメ。固そうに見えても、カヤや豆草などは好きみたい。配合飼料だけより、草も食べるほうが体にいいらしい。ユリも、ダナエの食べるものを注意深く観察している。あとで本を読んで調べるのかもしれない。

4　赤毛のユリ

このノートを初めから読んでみたら、ユリのことばかり書いている。ぼくのことを書くと、ユリのことを書くことになるのだ。

ユリとぼくは、同じ年に生まれた。ユリが四月で、ぼくが十月。家が隣で、母親同士の仲がよかったので、ぼくたちは、きょうだいのようにして育った。庭の子ども用プールで遊んだり、庭にテントをはって、キャンプもした。今でも、毎朝一緒に登校している。

ユリは、小学校に入った時から成績がよく、読書家（ユリの部屋の壁一面は本棚になっていて、本がズラリと並んでいる）で、ピアノと水泳を習っている。そんなユリの唯一の悩みは、髪が赤いこと。一般的な日本人より少し茶色い程度だと思うけど、本人は気にしている。

「こんぶとかわかめとか、毎日食べているのに、ちっとも黒くならない。アトムはいいわね。黒くてまっすぐな髪で」

と、いつもぼくの髪をほめる。

ぼくはルックスのことを言われるのが好きじゃない。他にとりえがないみたいじゃないか。ぼくは、ユリみたいに成績がよいとは言えない。最近、前よりよくなったが、それでも、中の上ってとこ。スポーツも芸術も得意ではない。しいて得意分野はって聞かれたら、アウトドアと言う。ユリはユリで、頭がいいと言われるのが、いやみたいだ。努力してるのよって言っている。この前なんか、

「一度でいいから、私の頭はかざりなのって言ってみたい」

とか言っていた。ユリが言ったらイヤミだろう。そんな風に言わなくても、ユリはきれいだ。アーモンド型の目、通った鼻筋、しっかりむすんだ唇、卵形の顔の形もいいと思う。けれども、まだユリに言ったことはない。弟は姉をそんな風にはほめないものだ。そう、ユリはぼくにとって、頼りになる姉のような存在だ。二人ともきょうだいがいないので、そう思う。

5　ぼくの休日

　ぼくは習い事をしていないので、日曜日はゆっくりできる。ユリの一家は、今日はクラシックコンサートに行っている。うちは、時々、一家で落語を聞きに行く。なんでも、両親の初デートは、落語だったらしい。

　今日は、初めてダナエと川づりに行く。ダナエは落ち着いた性質だし、恐がりではないので、つりに連れていっても大丈夫だろう。

　思った通り、ダナエは何のためらいもなく、浅瀬を渡り、水を飲んだ。ぼくがつりをしている間も、おとなしく草を食べていた。ぼくがつりざおを投げた時だけは、びくっとしたが、すぐに慣れて、ぼくの様子を見ていた。

　今日の収穫はイワナ二匹。収穫が多い時は家に持って帰るけど、今日は少ないので、川原で焼いておにぎりと一緒に食べる。ダナエは火を恐がらずに、ぼくのすることをじっと見ていた。犬ではないので、魚もほしがらない。いい相棒だ。今度は飯盒でご飯を炊いてみよう。帰りもダナエに荷物を積んでもどった。いい一日。

6　三年生になって、進路を考える

三年生になって二カ月たった。その間、テストと進路相談があった。三年生になってからの学力の伸びが大きいので、どの高校でも行けると言われた。ユリと同じ高校に行こうと思う。ユリにその話をしたら、当然よ、という顔をした。ユリには、こうなることがわかっていたみたいだ。

数学は、計算もおもしろいと思えるようになった。計算だって工夫の余地がある。ユリには、計算ミスをしないようにと言われる。

「アトムの減点はどれも計算ミスじゃない。ちゃんと見直すこと。落ち着いて計算して、つまらないミスをしないこと」

ユリの言うことは正しい。

三年生で学習する社会は、現代史と政治、経済。特に現代史は大事です、と先生は言った。社会科は、田中先生ではないが、今度の先生もいい。わかりやすく説明してくれる。

7　その小惑星には、「平和」という名前がついた

現代は、二〇一八年に始まると先生は言った。

この年、地球に近づいてくる小惑星が発見された。五〇〇メートル級で、予想される落下地点は、東京、二〇二〇年。百万人以上の死亡が予想された。その年は、東京オリンピックが予定されていたが、すぐに中止が決定された。そして、オリンピックの予算はすべて、小惑星撃退のために使われることになった。

小惑星の撃退には、爆破とコース変更の二通りの方法が検討されたが、天文学者はこぞって核兵器による爆破を支持した。まだ距離が遠いので、地球に破片が落ちてこないという理由で。

天文学者たちは、自国の政府と国際連合に、すべての核兵器を小惑星の爆破に使うよう働きかけた。

「失敗は許されません」

その時の決まり文句だ。

二〇一九年、国際連合は、各国の軍隊を統括し、小惑星の爆破に成功した。その年のノ

ーベル平和賞は、国際連合軍に与えられ、その小惑星には、「平和」という名前がついた。

二〇二〇年、東京では平和会議が開かれ、国際連合が中心となって軍縮を進め、最終的に地球上から兵器をなくそうという「平和決議」がなされた。

それから四十年。少なくとも国単位の戦争はなくなり、国際連合軍だけが、地球上の組織的軍隊である。

ぼくは、ノートをとるのも忘れて、一生懸命に先生の話を聞いた。人類はすばらしい。

8　ユリは知っていた

昨日の感動を、登校しながらユリに話したら、ユリはすでに小学生の時に知っていたという。ユリは何でも知っているから当然としても、普通の人は知っているらしい。ぼくが知らないことが不思議みたいだった。

ぼくは、あまりにも世の中のことを知らない。両親は、聞けば何でも教えてくれるけど、本を読むようにとか、勉強しなさいとか、言われたことはない。

でも、世の中のことを知らなくてはならないと思う。ユリが本を貸してくれるという。

下校してすぐ、ユリは本を届けてくれた。ロシアの天文学者グループスカヤの伝記『私の良心』。この題は、彼女の言葉「私の良心は、国にも、学会にも、その他のどんな団体にも帰属していません。私の良心は、私にのみ帰属します。だから、良心に従って、私の頭脳は、人類の幸福のためにのみ使うのです」に由来しているという（ユリの受け売り）。ユリが一番尊敬している人だそうだ。

9 感動

ぼくは、三日かけて『私の良心』を読んだ。おもしろくてどんどん読めるけど、一気に読んでしまうのがもったいなくて、少しずつ読んだ。

「私の良心は、私にのみ帰属します」という言葉は、彼女がロシア政府に、核兵器をすべて小惑星の爆破に使うように進言した時のものだ。

「君には、愛国心はないのか。そんなことをしたら、我が国はどうなる？」

という非難の言葉に対して言ったものだ。この場面は何度読んでも感動する。そして、この言葉は、またたく間に世界中に広がり、天文学者だけでなく政治家も口にするようになって、歴史を変えた。言葉の力はすごいのだ。

グループスカヤは、自然豊かな土地で育ち、自然と読書が大好きな少女だった。文学に進むか、天文学に進むかで迷ったが、二〇一三年チェリャピンスクに隕石《いんせき》が落ちたことがきっかけで、天文学を選んだ。

小惑星が地球に接近しつつあるのを最初に見つけたのは、グループスカヤだった。初めは、若い天文学者の言うことをみんな信じなかったが、それが本当だとわかった時には、世界中に衝撃が走った。小惑星の接近を阻止するための天文学会の話し合い、各国政府や国際連合への働きかけ、どれをとっても、ワクワクするほどおもしろい。

歴史は人がつくるのだ。

10　ぼくは本が好き

最近ユリはよく本を貸してくれる。ガリレオ・ガリレイやコペルニクスといった天文学者の伝記や国産ミステリー。ぼくがどんどん読むので、ユリはうれしそうだ。

本ばかり読んでいるので、つりに行けなくて困る。まさかユリの本を外に持っていくわけにもいかない。そうだ、自分で文庫本を買えばいいのだ。本屋に行って、ユリの持っていない本を選ぶ。ＳＦ小説『タイムマシン』『マイナスゼロ』。これなら、つりに持っていっても大丈夫だ。もちろんカバーをかけて、大事にするけど。

11　日曜日

やっぱり、つりはつり。本を持っていってもあまり集中できない。ゆっくり自然の中にいたい。だから最近は、晴れたら、ダナエと一緒につりに行って、雨が降ったら、家で読書。高校受験に向けて、勉強もするけど。

12　社会科

現代史は終わって、政治。三権分立のしくみは、行政、司法、立法が、お互い抑制し合っている。それが民主主義の根幹であるという。

もし行政権だけが強くなれば、独裁政治になるという。三権をじゃんけんのグー、チョキ、パーになぞらえて、作文を書けという宿題が出た。だから、三権はお互いに公平であり、力は平等だと書いたら、先生がみんなの前で読んでくれた。文章に無駄がなくて、わかりやすいともほめられた。うれしい。

13　高校入学

今日、高校の入学式だった。ぼくとユリは、ダナエを真ん中にして、記念写真を撮った。その後、両家の両親を後ろに、もう一枚。みんなうれしそうだ。ユリと同じ高校に行けるなんて、夢のようだ。よし、今まで以上に勉強しよう。

志望を聞かれたので、中学校の数学の教師になるために数学科志望と書いた。ユリは、情報省に入るため、情報大学志望と書いたらしい。官僚の中でも、情報省の人たちは有能だという。なぜなら、今の社会を動かしているのは、情報だからだ。

14　高校の勉強

数学は得意分野だし、好きなので、しっかり勉強する。高校だからといって、特にむずかしいことはない。国語は嫌いだったが、漢文はおもしろい。返り点や一とか二を書きたくなる。生物の遺伝子の話もおもしろい。

社会科は、一年で地理、二年で歴史、三年で政治、経済を勉強する。しかし、それとは別に、特別な教科として、情報学の勉強が、週に一度ある。情報学は、高校の勉強の中でも、特に大事な学習だとされている。現代は情報主義社会で、情報が、政治や経済の根幹となるからだ。

今日は、一回目の授業があった。「情報とは何か」

情報とは、紙に書かれたもの、コンピュータに入っているものばかりではない。人でいえば、まず、その肉体的な情報——遺伝子、成長歴、現在のあらゆるデータ、さらには、両親の健康歴も含まれる。そして、精神的な情報——成績はもちろん、読書歴、趣味、思想、今考えていることや感じていることや夢もすべてが含まれる。つまり、意識しているものも、していないものもすべて、その人についての情報だといえる。

物質で言えば、そのものの素材、作り方、価格、所有者、そして使用価値などすべてが、情報なのだ。

おもしろいけど、むずかしい。今までの勉強とは、全然違う。大人の世界だ。

15　衝撃

この世界はすばらしいと思っていたのに、全然違うものだった。

例えば、ぼく。ぼくの肉体だけは、ぼくのもの。でも、ぼくについての情報は国家のものので、「電脳」に、ぼくの情報はすべて集積されている。そして、その情報は、だれであろうと、たとえ本人でも、国の許可なく知ることはできない。

個人の情報は、左手首に巻きつけられた「個人情報収集端末」によって、収集される。正式名称が長いので、俗にトケイと呼ばれている。昔の人は、時刻を知るためだけに左手首に時計をはめていた。子どもの頃は、

「これをはずしちゃいけないよ。これは、あなたをいつも守ってくれるから」

と言われていた。確かにそうかもしれないが、本来の目的は、二十四時間の個人情報の収集だ。毎年誕生日の度に新しいものに変わって、色も形もいいなと思っていたのに、急にいまわしいものに感じた。でも決してはずしてはいけない。個人情報を収集されるのは、国民の義務であり、勝手にはずすと、法律違反になるのだ。

なんだって、こんな社会になったのだろう。

16　現代史二〇二〇年以降

二〇二〇年の平和決議以降、各国は軍隊を解散した。そして、企業も兵器を作らなくな

り、軍需産業はなくなった。その結果、世界中に失業者があふれ、経済不況に陥った。それほど世界経済は軍需産業に依頼していたのだ。

日本も事情は同じだった。日本政府は、失業者を減らすことを一番の課題とした。そこで「残業禁止令」を出した。一分でも残業させたら、人を雇えというものだった。しかしあまり効果がなかったので、労働基本法を改正して、一日六時間労働とした。これは成果を上げ、日本の失業者は、ほとんどいなくなり、今に至っている。

失業者がいなくなっても、経済不況は続いた。パイの大きさは変わらず、同じものをより多くの人数で分け合っただけだからだ。

政府は労働者の賃金が安いため所得税がとれず、企業収益がないため法人税もとれなくなっていた。そのため軍事費がなくなったにもかかわらず、国家財政は悪化の一途をたどった。国家財政の破綻《はたん》は時間の問題だった。

ところが、一つだけ好調な産業分野があった。情報産業だ。これに目をつけたのが、憲法を改正したくてたまらなかった総理大臣だった。もう、戦争放棄の九条には、手をつけられなかった。

そこで、国民の権利及び義務に手をつけた。第十三条「すべての国民は、個人として尊重される」……という条文の後に、項を起こした。

「すべての国民の個人情報も尊重される。みだりにプライバシーを侵害してはならない。そのため、個人情報はすべて、国家が所有し管理する」

総理大臣は、次のような演説をして、国民を納得させた。

「今、日本は、歴史的危機に直面しています。一つは、経済不況、もう一つは、個人情報の漏洩《ろうえい》――プライバシーの侵害や金銭的な被害。しかし、個人情報の管理には、莫大なお金がかかります。この二つの問題を一気に解決できるのが、憲法改正です。

まず、個人情報を国家が所有管理することによって、個人情報漏洩の心配がなくなります。プライバシーの侵害や金銭的被害の心配など一切しなくていいのです。

さらに、情報を適切に使うことによって、経済活動が活発になり、皆さんの所得は二倍になります。その上、医療費も教育費も税金も払う必要はありません。皆さんの個人情報には、それだけの価値があるのです。皆さんの個人情報は、いわば、生まれながらにして持っている財産なのです。

現在これを保有しているのは、情報産業を担っている企業です。情報関連企業は、皆さんの情報で儲かっているのです。その証拠に、世界の長者番付にのるのも、球団を持っているのも、情報関連企業です。そうした企業から、国民の財産をとりもどそうではありませんか。バラ色の未来が待っています」

この歴史的演説によって、国民投票は賛成多数となり、憲法は改正され、個人情報はすべて、国家のものとなった。

憲法に項を一つ起こしただけで、国民の個人情報はすべて国家のものになった。

つまり国民は、お金と引きかえに、自分の個人情報をすべて、国家に引き渡したのだ。そんなにお金や豊かな生活が大事なのか。それとも、個人情報なんて大して大事なものではないと、みんな思っているのか。

ぼくの肉体がぼくのものであるように、ぼくの情報はすべてぼくのものだと思う。考えたことも、言ったことも、行動したことも。これが、憲法のいう「個人の尊重」ではないか。

17　ユリは気づいていた

ユリは気づいていた。ぼくが悩んでいることに。昨日、ダナエの散歩の時に言った。

「うかない顔ね。情報主義社会が変だと思っているんでしょ」

「そうだよ。なんでみんな平気なんだ。情報学の授業も、普通の授業と同じように聞いている。ユリも平気なの?」

「私だって、今の日本が、バラ色のすばらしい社会だと思っているわけではないの。でも、人類が発展すれば、最終的には、このような社会にたどりつくのではないかしら」

「天災みたいに、仕方ないと思うんだね」

「私はそう思っている。そして多くの人は、今の社会を肯定している。医療も教育もすべて国がまかなっているから」

「ユリも肯定している？」

「完全に肯定しているわけではないの。多くの疑問を持っている。でも、人類の歴史は、不完全な社会の連続だと思う。今の日本だけが特別に変だとは思わない」

18　好きなロックバンド「元素記号」

もんもんとしているうちに、二年生になった。希望に燃えて入学した一年前は、なんと幸せだったことだろう。すばらしい未来があると信じていたのだ。それなのに、今はユーウツだ。ぼくらには、きゅうくつな未来しかないのだ。

最近の気晴らしは、「元素記号」の音楽を聴くことだ。「元素記号」は男性四人組のロックバンドで、ボーカルが二人。ロックにしては、優しい歌い方をする。一人は硬い声でストレートに歌い、もう一人は甘い声で歌う。どちらの歌い方もぼくは好きだ。何よりぼくの気持ちを代弁してくれる。

ガラスごしの自由

理想の世界だって人は言う
自由な世界だって国は言う
でも　ぼくらの自由はガラスごし

何をやってもいいけれど
二十四時間　見られている
体の中も　頭の中も　心の中も

ぼくらの自由は　ガラスごし
見えるけれども　さわれない

19　情報の経済的価値

二年生の情報学の授業では、情報の経済的価値について学習する。情報主義社会はいやだけど、どこが問題なのかを考えるために、真面目に聞いている。

国民の個人情報は、すべて「電脳」と呼ばれる国のコンピュータに、ビッグデータとして、集積される。それらがすべて、日本の国家の財産となるのだ。国家は、宝の山を持っているのに等しい。

個人情報の経済的価値は、その人の教育費と医療費をまかなって余りあるほどのものだという。まず、国は個人情報を企業に売ることができる。遺伝情報でも、食生活、読書傾向、服の好み……等、何でも。企業は、それらの情報をもとに、営利活動をスムーズにすることができる。個人情報がもし個人のものだったら、いちいち個人に許可を得なければならないが、国のものだから、お金を払えば、簡単に必要な情報が手に入る。

さらに、国にとっても、個人を把握し、国家のために、有効に人材を活用できる。つまり、それぞれの適性に合った教育をして、適性に合った職業に就かせる――適材適所。なんか、いいことばっかかみたいだけど、ホントかな。

20　情報主義社会について

情報主義社会とは、情報に経済的価値があり、情報の経済的価値を第一に考える社会である。

「情報主義社会」とは、日本政府が世界に先がけて、憲法改正の後に命名した。しかし、情報学の先生によると、二十一世紀の初めには、すでに世界中で情報主義社会が始まっていたそうだ。もちろん、コンピュータとインターネットの効用である。

商品には、物質的価値と情報的価値がある。そして、歴史が下るにしたがって、相対的に、物質的価値は小さくなり、情報的価値が大きくなった。かつては、全然価値がないと思われていた情報も、今ではビッグデータとして、経済的価値を生み出している。例えば、個人の感想、日常生活、好みなどの集積も。

商品の物質的価値と情報的価値について、先生はこう説明した。

例えば、本の場合、物質的価値は小さく、情報的価値は大きい。服であっても、情報的価値——デザイン、色、製法、ブランドなどが多くを占める。車や電化製品であっても、情報的価値が大きい。つまり、現代では、物質的価値よりも情報的価値をもとにして経済が成り立っていると考えたほうが、実態に合っている。

だから、日本の経済は、世界に類を見ない成長をしたのです、と先生は言った。

経済は、成長しないといけないものなのか。衣、食、住が足りていれば、それでいいと思うけど……。

21　ぼくの成績

ぼくは、将来、数学科に行こうと思って、数学は真面目に勉強しているので、成績はA。さらに、情報学もAだった。情報学の評価は、レポートとテストによるが、どちらもよかった。しかも情報学の先生から、情報大学に行く気はないかと言われて、びっくりした。

「ぼくは、情報大学に行けるほど成績優秀ではありません。それに、コンピュータ操作が好きではありません」

と言ったら、先生は、

「そんなことは、大事なことではありません。あなたは、情報主義社会に疑問を持ち、自分の言葉で表現することができます。成績優秀な人はいくらでもいますが、あなたのような人にこそ、情報大学に進学してほしいのです。他の人の刺激にもなりますし、国のためにもなります」

と、本気で言われた。

あまりに驚いたので、隣のクラスのユリを待って、一緒に帰りながら、先生から言われたことを話した。ユリは黙って聞いていたが、

「当然だと思う」

「えっ」

「父もよく言っているの。成績優秀な人間ばかりでは、情報省はやっていけない。情報主義社会に疑問を持っている人がほしいと。今の情報学の先生も、情報省のキャリアだったそうよ。でも、国の将来を担う人材を探すために、高校の先生になったそうよ。つまり、アトムは見出されたのよ」

「でも、ぼくは数学の先生になりたい」

「そう、アトムには、それが似合っている。学校の先生のように人間相手の仕事というのもいいと思う」

情報主義社会は複雑だ。ぼくの性分としては、数学のように論理的で、すっきりしたものが好きだ。

22　告白

今日はユリがぼくの教室に来て、一緒に帰った。めずらしく、何もしゃべらないで歩いた。しばらくして、ユリが、

「アトムには、言っておくわね。昨日、スズキさんから、結婚を前提に交際を申し込まれたけど、お断りしたの」

「どうして」

「どうしてって、アトムのことが好きだからよ。ずっと好きだったんだから」

ぼくも、と言いかけてやめた。ぼくもずっと好きだった。でも、姉のように慕っているのだと思っていた。ユリは何でもできるし、頼りになる。ぼくの相手ではないような気がした。ユリは、りっぱな男――スズキのように勉強ができて、スポーツ万能で、生徒会長――と結婚するだろうと思っていた。

そして、その時は、弟として祝福しようと思っていた。でも本当はユリが好きだった。異性として。

23　初デートはロックコンサート

ユリを「元素記号」のコンサートに誘った。ぼくの気持ちが伝わったようで、ユリはうれしそうに承諾した。

コンサートは春休みにあった。ユリは、ノリノリで聞いていた。ユリはノリがいいのだ。

「このバンド、いいわね」

帰りの道々、ユリは言った。

「私たちの気持ちを代弁してくれる。あるいは、なんとなく変だと思っていることを気づかせてくれる」

「ユリも、情報主義社会が変だと思うの？」

「思う――最近いろいろ考えている。アトムのようにね」

それから二人はしばらく黙って歩いた。

「『元素記号』の言葉はストレートで、ハードロックだけど、メロディーがきれい。音楽的にも好き。でも、『ちはやぶる　神代の高千穂』だけは、何かちょっと違う気がする」

「どんな風に？」

「うまく言えないけど、言葉が違うのよ」

ぼくは、ユリが「元素記号」のことをほめてくれたので、とてもうれしかった。家に帰って「ちはやぶる　神代の高千穂」を調べると、作詞は「元素記号」のメンバーではなかった。ユリが言う通り、歌詞がなんだか変だ。ユリはすごい。

ちはやぶる　神代の高千穂

ちはやぶる　神代の高千穂
ちはやぶるは　かけ言葉

神代を遠くはなれて
ぼくらは　情報の海におぼれてる

情報が　生活の糧《かて》で
ぼくらは　情報で生かされている

ちはやぶる　神代の高千穂
ちはやぶるは　合い言葉
天《あま》の岩戸神社で　手を合わせ
神代の時代に　もどろうよ
自分の手で　糧を得て
自分の力で　生きようよ

24　三年生の情報学　政治分野

三年生になって、ユリと同じクラスになった。小学校の六年生以来だ。純粋にうれしい。でも気になるのは、ユリが時々ユーウツそうな顔をすることだ。すごく気になる。けれども、ユリはきっと話してくれる。それまで待つ。

三年生の情報学では、政治的分野を学習する。一回目は、権利と義務について。

権利――国民は、国家が認めれば、必要な情報を無償で手に入れることができる。自分の健康状態、生活習慣で気をつけること、自分の好みに合う商品（本、音楽、服など）。学生の場合だと、進路の適性、希望する職業の成功率。他には、気の合う友だち、結婚相手……。余計なお世話だと思うけど。

義務――自分の情報は二十四時間すべて、国に提出しなければならない。そのため、二十四時間左手首の個人情報収集端末をつけ、パーソナルコンピュータの情報も一旦国が集積する。そして、集積された個人情報は、何者であっても（本人でも）、国の許可なく見ることはできず、プライバシーはしっかり守られる。

国民の権利と義務については、「情報法」で定められ、違反すると、厳しい罰則がある。例えば、自分の情報を隠した時、情報を操作した時、他人の情報を国の許可なく調べた時などには、かなり厳しく罰せられる。個人のプライバシー保護も大事だが、国家にとって、情報は財産であり、それを隠したり変えたりすることは、国の財産を侵すものなのだ。

情報＝財産、つまり、お金の問題なのだ。納得できないけど、理屈はわかる。

25　ユリのユーウツ

まだ、時々ユリはユーウツそうな顔をする。話している時は普通なのだが、授業中など、真剣に聞いている時、ふと思いつめたような顔をするのだ。もともとユリは、ご機嫌な性格なので、ユーウツな顔は似合わない。

そんな時、ユリからクラシックのコンサートに誘われた。東山智実指揮のチャイコフスキーの交響曲第六番「悲愴」。ユリの一番好きな曲なので、彼女の指揮じゃないとダメ、なのだそうだ。ぼくには、指揮者によってそれほど違いがあるとは思えないけど。

でも、「悲愴」はよかった。特に第一楽章の美しいメロディー。ぼくは大好きだ。ユリによると聞きどころは第四楽章だそうだけど。なぜかぼくはどの交響曲も第一楽章が好きだ。

ユリは、感動しながらも何か考えこんでいた。深い感動は、理性を研ぎ澄ます。

「この感動は私だけのもの。決して恥ずかしいことではないけれど、深く感動すれば感動するほど、私だけの胸の内にしまっておきたいと思う」

ぼくは「秘すれば花」という言葉を思い出した。もう死語になっている。現代では、

「秘する」ということはないのだ。

「それなのに、この個人情報収集端末が私の感動を集積する」

「そんなことができるの？」

「肉体的データによって、感動の種類や深さがわかるのよ」

「元素記号」の歌「心の中まで　見られている」とは、そういうことなのか。ぼくは、情報主義社会が変だと思いながら、本当のこと——実際にどんなことが行われ、どんなところが変なのか、何一つわかっていなかったのだ。

「そればかりじゃないわ。私がアトムに好きなんて言わなくても、このトケイが私の気持ちを収集するの。唐変木《とうへんぼく》のアトムより、これのほうが先に私の気持ちに気づいていたのよ」

ユリは笑おうとしたが、悲しそうだった。

気づくと、ユリの目はぼくのあごの高さにあった。ずっとユリのほうが大きかったから、不思議な気がした。いつの間にぼくはユリの背を追い越したのだろう。ぼくはユリをいとおしいと思った。だきしめたいと思った。この気持ちも個人情報収集端末が感知するだろうと思いながら。ホントに変な世の中だ。でもこんな社会でも生きていける、ユリと一緒なら。だれに気づかれたってかまわない。ぼくは決心した、ユリを人生の伴侶《はんりょ》にしようと。

26　ぼくの質問

次の情報学の授業では、国民の義務、つまり、提出させられる情報の具体的項目について学習した。肉体的データはもちろん、発した音、話したこと、そして、感情の種類と強さ。

「残念ながら、考えていることまでは集積できません」

先生は、皮肉をこめて言った。ぼくは質問した。

「つまり、お肉を食べている時においしいと感じる、とか、友だちと話している時に好意を持つとかいうことですか」

「そうです」

「そんな情報にも、経済的価値はあるのですか」

「いい質問です」

先生は質問すると、いつもうれしそうにこう言う。

「この情報主義社会は、どんな情報にも経済的価値がある、という前提に立っています。つまり価値のない情報はないのです。今もし価値がないように見えても、いつかは価値を持つのです。宝石だけに価値があるわけではありません。どんな石にも価値があります。自然科学の学問にとっても価値がありますが、場合によっては、重しになり、物をこわす道具になる。情報を多面的に、長期的に捉える必要があります」

「つまり、どんな情報にも、経済的価値を見つけなければならない、ということですか？」

今度は、ユリが質問した。先生は大きくうなずき、

「その通りです。現代日本の基幹産業は、情報産業なのです。国民の個人情報がすべて国家の『電脳』に集積されても、それらの情報に経済的価値を見つけなければ、十分な財産とはなりません。集められた情報を分析、分類し、あらゆる経済的価値を見つけ活用すること、このことが日本の経済を発展させるのです」

ぼくのあくびに経済的価値を見つける？　そういう意味だろうか？　ぼんやり考えていたら、今度は、先生が質問した。

「そのために一番大事なことは何でしょう？」

「プライバシーが絶対に守られているという国民の信用です」

ユリが答えた。先生は、大きくうなずき、

「そうです。自分の情報がだれかに見られると思ったら、人は個人情報収集端末をはずすかもしれません。もちろん、情報法違反で逮捕されますが、国民全員がストライキを起こ

せば、国家は崩壊します。そうならないよう、個人情報の絶対的な保護が大事なのです。夫婦の夜の生活まで情報として収集されるのですから」

やっぱり、この社会はおかしい。

27 個人情報活用法

次の情報学の授業では、個人の感情がどのように活用されるかについて学習した。物に対する感情（好き嫌い）は商品開発に活用される。

人に対する感情の情報収集は、有益だとされている。まず、学問的には、心理学や社会学、教育学などの分野の研究に役立っている。さらに実生活では、会社の人事、特にチームワークを必要とする仕事でメンバーを選ぶ時に役立つ。相性が悪い人との仕事は、うまくいかない。人間関係を円滑にすることによって、仕事ははかどる。つまらないストレスがないことによって、人々の精神は安定する。それによる経済的効果はかなりのものです、と先生は言った。やはり、これも経済のためなのだ。

「現代の日本では、すべての国民は経済的に安定しています。遺伝子情報と医学の進歩によって、健康的な生活もできます。そして、人間関係がうまくいけば、人は幸福になれるのです。そのために、すべての国民の個人情報が活用されます。国民がすべて、友人や恋人を持ち、仕事仲間といい人間関係になり、幸福な結婚生活ができるよう、支援するのです。様々な出会いを演出して。私が強調したいのは、国民の個人情報は、経済だけでなく、国民の幸福にも、役立っているということです」

授業の最後に先生が言った。

国民の幸福のため？　つまり、ぼくたちの人間関係も、国家の「電脳」に操られているということだろうか。ぼくとユリを同じクラスにしたのも、そのためか。ぼくは、そんなのいやだと思う。

28　ユリの進路

最近ユリは、霧がはれたように晴れやかな顔をしている。いつものユリにもどった。今日、ダナエの散歩の時、ユリは進路について話した。

「私、情報大学の文学部に行くことに決めたの」

そう、ユリなら、決めたらどこにでも行けるのだ。

「専攻は日本文学。情報をどう役立てるかではなくて、情報そのもの――言葉や物語の美しさ、文学そのものを勉強したい。まだ文字がなかった頃の伝承や神話、昔話から、現代の小説まで、人にとって、物語がどんなものだったか、追究したい。人は生きている限り物語を必要とする。それは、役に立つ、とか、感動するとかいうレベルではないはずよ。それはもっと根元的なもの、心の深いところに届く何か美しいものだと思う」

「うん、わかるよ。ぼくが数学を好きなのも、論理的で美しいところだ。例えば、ぼくは、数学者になって定理を証明したり、現代の情報主義社会に不可欠な暗号を作成したりする能力はない。けれども、数学の論理性の美しさはよくわかるし、それを人に伝えることもできる。その美しさも心の深いところに届くものだと思う」

「私たちは二人とも、人生に同じものを求めている」

「すべてを役に立つかどうかという視点で見て、感動すらも数値化し、活用しようという情報主義社会にあらがって」

「ダナエ、おまえが証人よ。私たちが同じものを愛しているということの」

29　思想、信条、表現の自由

現代の日本では、国民はどの権利も保障されているが、一番大事な権利は、思想、信条、表現の自由である。この自由が保障されない限り、情報主義社会は、衰退するという。そのわけを、先生は次のように説明した。

まず、憲法で保障されている権利は、完全に守らなければならない。次に、現代日本のように、完全に個人情報を掌握していれば、人がどんなことを考え、発言したとしても犯罪の防止などたやすい。そして、一番大事な目的は、情報の価値を高めることである。今の日本の基幹産業は情報である。情報立国といってもいい。情報主義社会は、あらゆる情報に価値を見出す社会である。しかし、思想と表現は別である。それ自体に価値がなければならない。もし、国民が全員現状に満足し、似たりよったりの考え方しかできなくなった時、その国には、価値ある思想はないと言える。表現も、全員が快いと感じるような表現しかできなくなった時も同じである。これを、ペラペラの情報主義と言っている。そんな国は、文化も発展せず、情報の経済的価値は失われ、やがて衰退する。

価値ある思想とは、現実に疑問を持ち、多面的な見方ができる人がたくさんいて、多様な考え方が存在する国にしか生まれない。表現も、自分の心の深いところに生まれたものを、その人にだけしかできない方法で表すことで価値のある作品ができる。そこに制限があっては、よい作品は生まれない。自由こそが、思想や表現にとって不可欠のものである。

いつになく先生は、熱く語った。

30　「元素記号」の真実

次の情報学の授業でも、思想、信条、表現の自由について学習した。これらの自由は、国家からの自由だけを意味するものではない。他者からの自由をも意味する。

例えば、ある思想、表現に対して批判、評論することについては、完全に表現の自由が保障されている。しかし、個人に対する攻撃やプライバシーの侵害は、情報法によって禁止されている。そうでないと、「本当の意味」で自由だとは言えないからだ。自分の考えや作品を発表する度に個人攻撃をされたら、安心して表現活動はできない。

ですから、情報法で禁止されている項目について、学習すべきですが、それはあなたたちにとっては、さほど必要ではないと、私は考えます。なぜなら、あなたたちは小さい頃から、礼儀として教えられているからです。例えば、机の上に人の日記があっても、だれも見ないでしょう。人の情報を教えたり、言いたくないことを無理に聞いたりしないでしょう。これが情報主義社会、現代日本のルールなのです、と先生は言った。

でも、罰則については教えてくれた。情報法違反は、微罪であっても、禁錮《きんこ》刑である。初犯は一週間。犯罪を重ねる度に刑は重くなる。終身刑もある。他の犯罪に比べて重いと感じるかもしれないが、情報法に違反するということは、国家の根幹を揺るがすものであるから、どんな違反にも厳しく対処しなければならない。

監獄に入っている間は、コンピュータ、電子機器はもちろん、外部との接触は一切できない。紙レポートの提出が義務づけられている。今年は、自分が見た夢について書くことが義務のようだ。その一方で、情報省は、囚人の脳をあらゆる手段で調べ、夢の研究を進めている。だから一週間の禁錮刑でも、囚人にとっては、とてもいやな体験で、普通の人は二度と情報法違反をしないという。

つまり、夢という個人の意識下の情報すらも、国に提出させられるのだ。今は囚人だけかもしれない。いずれ夢がデータ化できる技術が確立されれば、国は、国民全員に夢の情報の提出を義務づけ、国家の財産にするだろう。なんと恐ろしいことだ。

そういえば、「元素記号」の歌に「囚人の夢」というのがある。あれは真実だったのだ。「元素記号」の歌は、比喩《ひゆ》や生活を誇張したものなどではなく、全部本当のことと考えればいいのだ。

「ちはやぶる　神代の高千穂」も。

31　卒業

ぼくとユリは、志望校に受かり、高校を卒業した。卒業のお祝いにユリの両親がオペラ「アイーダ」のチケットをプレゼントしてくれたので、今日は二人でそれを見に行った。すばらしかった。あまりに感動したので、劇場から二人で歩いて家まで帰った。

ぼくたちは黙って歩いた。家の近くで、ユリが言った。

「砂漠で、抱き合った二体の白骨が見つかったの。アイーダの原作者はそれに着想を得たそうよ」

それから、ユリは真正面からぼくの目を見て言った。

「忘れないでね、アトム。私は何よりも愛を選ぶのよ」

ぼくはユリの両手を取って、ぼくの手でしっかり包みこんだ。そして、ユリの目を見てうなずいた。

32　決心

今日は、ダナエと一緒につりに行った。緑の中を歩きながら、春の空気を胸いっぱいにすいこんだ。そして、解放感を味わった。ぼくは、高校生でもないし、大学生でもない。どんな団体にも所属していないって、素敵だ。川面に春の光がキラキラして、きれいだった。

家に帰ると、ぼく宛ての封書が机の上にあった。親展という赤い字が目にとびこんできた。国から個人への重要な連絡は、封書で来る。親展という字が赤いので、俗に赤紙と呼ばれている。ぼくがもらうのは、初めてだ。

「あなたとユリが結婚した場合、健康な子どもが生まれる可能性は、九十八パーセント。天寿を全うできる可能性は、九十七パーセントです。国家は、あなたたち二人の結婚を祝福します。　情報省　国民健康課　課長」

ぼくは紙をビリビリに破ってゴミ箱に捨てた。寝る時になっても、怒りはおさまらなかった。

ぼくは寝ながら考えた。なんであんなに腹が立ったのか。それは、国家がぼくたちの結婚を評価したからだ。テストの点じゃあるまいし。点数が問題ではなく、評価すること自体がおかしい。愛や結婚は、評価にそぐわない。ぼくはユリが好き。ずっと一緒にいたいと思う。だから、人生の伴侶に選んだ。それなのに、「電脳」に評価されたり、国家に祝福されたくない。

ずっとこんなことが続くのか。人生の節目ごとに「赤紙」が届き、あなたの選択は、何パーセントの確率で成功します、なんて言われるのか。それが、情報主義社会のいう「幸福」なのか。それは、失敗のない人生かもしれないが、本当に自分が選んだと言えるのか。本当に生きていると言えるのか。何より、ぼくがいやなのは、一生監視され、人生を評価されることだ。

ぼくはいやだ。この社会を出て、高千穂のくにに行く。「元素記号」の歌は本当だ。自分の手で糧を得て、自分の力で生きるのだ。

33　出発

ひそかに準備を始めた。持っていく物をよく考えた。ダナエに荷物を積んだとしても、たくさん持っていけるわけではない。地図、方位磁針、米、水、飯盒、軍手、マッチ、寝袋、合羽、つりざお、パン、魚肉ソーセージ、チーズ、チョコレート。靴は大事だ。みんな持っていく。衣類もできる限り持っていく。空気を抜いて、体積を小さくする。本は要らない。ノート三冊、このノート、数学の幾何の勉強をしたノート、何も書いていないノート。筆記用具、えんぴつとペン、全円分度器、コンパス、三角定規など作図用具。歯ブラシ。写真二枚。ぼくとユリが五歳の頃、砂場で遊んでいるところ、高校入学の時、両家の家族一緒に撮った写真。

つりに行くふりをして、朝、暗いうちに出かける。さようなら、お父さん、お母さん、ユリ。ユリは怒るだろう。出ていくことをではなく、ユリに黙って行くことを。ユリと一緒に行きたいよ。でも、両親から引き離すわけにはいかない。それに、ユリは優等生だ。現代日本の社会でも、きっと生きていける。

いつもつりに行く山に行って、石に座る。この山とも、この小川ともお別れだ。ダナエは、いつもと同じように、草を食べ、水を飲む。荷物が重そうなので、少しの間下ろしてやる。それから、左手首の個人情報収集端末をはずして、木にかける。これで、情報主義社会と決別だ。

ダナエが歩きやすいように、荷物の左右のバランスを整えて出発する。道に迷わないように、高速道路の下や広い道を選んで歩く。とにかく歩く。疲れたら、座って休憩。ダナエは荷物を運ぶのに慣れていないので、様子を見る。大丈夫のようだ。首をなでてほめてやる。

飯盒が使えるところがなく、一日目と二日目の朝まで、パンとチーズ、魚肉ソーセージと水。ダナエは、ヘイキューブと塩と水。ごはんが食べたいので、二日目の休憩の時、地図を見る。昨夜は、高速道路の橋脚の下、コンクリの上で寝たから、体が痛い。今夜はせめて土の上で寝たい。ダナエだって、草が食べたいだろう。地図をよく見ると、高速道路から少しそれるが、キャンプ場がある。距離は、四十キロメートル弱。今夜のねぐらにしよう。飯盒が使えるかもしれない。

昨日は、がむしゃらに歩いたが、今日は、疲れない速さで歩く。なにしろあと三日は歩かないといけないのだ、ダナエと一緒に。休憩は、緑のあるところ、景色のよいところを選ぶ。ダナエは草が食べられるし、ぼくもほっとする。

まだ明るいうちにキャンプ場に着いた。だれもいないが、水が使える。うれしい。さっそく、米を研いで、ダナエと一緒にたき木を探しに行く。ダナエは草が食べられるので、うれしそうだ。三食分ご飯を炊いて、二食分はおにぎりにする。明日の朝、昼の分だ。塩が役に立つ。

久しぶりのごはんはおいしい。食後、歯をみがいて、顔を洗う。気持ちがいい。ついでに水を補給する。バンガローにもぐりこんで、板の間に寝る。コンクリに比べてやわらかい。ゆったりと寝られる。人間らしい気分になる。

次の日、明るくなって目が覚めた。ダナエに草を食べさせている間に、朝食を済ませ、出発の準備をする。疲れはすっかりとれた。今日は距離をかせいで、川の下流までたどりつく。そうすれば、四日目は、川に沿って上っていけば、目的地に着くはずだ。

今日は、できる限り歩く。休憩時にチョコレートを食べて、エネルギー補給。それも、ダナエのために草があるところでする。

なんとか日没までに、川のほとりにたどり着いた。わりと大きな川。寝るところは、橋のたもとがいいだろう。ダナエから荷物を下ろし、今日は大変だったねと、首をなでてやる。しばらく草を食べさせておこう。ぼくは、たき木を集めてご飯を炊く準備にとりかかった。

四日目、朝ごはんを食べた後、水をたっぷり使って歯みがき、洗顔。目の前に水があるのだ。もう水を節約することもない。それに今日は上りだ。ダナエの荷物を少しでも軽くしておく必要がある。

歩きだすと、ダナエの足どりが重い。病気ではないみたいだけど、疲れが出ているのだ。

今日はゆっくり行こう。川沿いの道だから、目的地に着かなかったら、川で一泊すればよいのだ。そうだ、お昼にはつりをしよう。ダナエの休憩になるし、ぼくの気晴らしにもなる。

お昼前に、川でつりをした。魚が五匹つれたので、焼いて食べた。おいしい。でも、ダナエの食べる草も光っておいしそうだ。ぼくも食べたい。ダナエは、昔していたように、川の中に入って水を飲んだ。

昼食後、ぼくもダナエも元気になって、どんどん歩いた。そして、夕焼けが空いっぱいに広がる頃、ぼくは天の岩戸神社に着いた。大きな鈴を鳴らして、

「ちはやぶる　神代の高千穂」

と言って、手を合わせた。

34　高千穂のくに

「待たせたね」

という声が、頭の上でした。ぼくは、座って寝ていたらしい。ダナエの前肢に寄りかかって。顔を上げると、三十歳くらいの男の人がいた。

「高千穂のくにに来た人だよね。ぼくは、タロウ。よろしく」

ぼくは、あわてて立ち上がってあいさつした。

「ぼくは、アトム。これは、ダナエです。よろしくお願いします」

「ロバはいい。馬より扱いやすいし、働きものだし」

と言って、ダナエをなでた。そして、

「少し歩くけど、大丈夫かな？」

と聞いた。

「大丈夫です」

と、ぼくは答えてタロウと一緒に歩いた。十五分ほど歩くと、森の中に建物が見えてきた。暗くてよくわからないが、小学校の体育館くらいの大きさだ。高さは二階建て程度。

「ここは、M大学の高地農業試験場の跡地だ。牛小屋にロバを入れるから、その隣の部屋がいいだろう」

と言って、ぼくに部屋をあてがった。十畳ほどの広さで板ばり、二面に大きい窓があって、風通しがよさそうだ。片方は全面棚になっている。大きいベッドが一つある。一人で生活するには十分広い。

「荷物を片付けたら、お風呂に入るといい。牛小屋をまっすぐ行って、右側だ。温泉だから、疲れがとれる。その後、アトムの歓迎会をするから、向かいの大広間に来てくれ」

と、タロウが言った。

「ありがとうございます」

と、ぼくは、残った米と塩をタロウに渡した。

「塩とはうれしい。ここでは、米も野菜も魚もとれるが、塩は買わないといけない。お金はあっても、個人情報収集端末、トケイがないと何も買えないのだ」

本当に、自給自足の生活なのだ。

ダナエの世話を簡単に済ませて、お風呂に入る。全身手早く洗い、歯みがきもする。ゆっくり湯船につかると、疲れがとれる。

大広間には、七人の若者がいて、それぞれ自己紹介した。タロウは三十一歳、他の六人は大学生だと言った。みんなは、ぼくがどうやってここに来たかを聞きたがった。ぼくが行程を話すと、みんなは興味深そうに聞いた。

「飯盒炊飯やつりをしながら来るとは、アトムは本物だね」

とだれかが言った。

「アトムは、塩を持って来てくれたんだ」

とタロウが言うと、みんなのぼくを見る目が変わった。坊やだと思っていたのが、一人前の男だと認めたとでもいうように。

次の朝、起きて大広間に行くと、みんなは農作業に行っていて、タロウ一人が食器の後片付けをしていた。今日のぼくの仕事は、牛小屋の調査とダナエの部屋が使えるようにすること。くれぐれも余計な作業はしないように、と言われた。何がどこにあるかをみんなが知っておく必要があるからだ。あとは自由にすごしていいと言われた。

まず、ダナエを外に出して、体をきれいにする。タオルでふいて、ていねいにブラシをかける。少しやせたみたいだが、色つやもよく食欲もある。元気だ。

「よくがんばったね」

とほめてやる。

ダナエの部屋をそうじしながら考える。ふんは肥料になる。飼い葉おけ、水飲み用バケツ、寝わら、エサが必要だ。

続いて牛小屋の調査だ。奥に進むと、牛小屋は物置になっている。一つには、稲わら。まだ新しい。ここで米がとれるのだった。もう一つの部屋には、牛のエサ、つまり、ヘイキューブや配合飼料や塩が置いてあった。その隣は、小屋ではなくて、作業場みたいだ。ハミ切りや飼い葉おけ、バケツなどが雑然と置いてある。一番奥の部屋には、整然と農作業の道具が置いてある。手入れが行きとどいていて、今も使っていることがわかる。江戸時代に発明された農機具という感じ。鎌もあるので、ダナエのエサは大丈夫。

稲わらを二束取って天日に干す。今日のダナエの寝床だ。バケツは洗って、水もれ検査。

飼い葉おけも洗って干す。

お昼ごはんを食べた後、洗濯物を干して、ダナエとつりに出かける。今日の晩ごはんになるといい。ダナエがのんびり草を食べる。ぼくも、久しぶりにゆったりとして解放された感じだ。情報主義社会から脱出してきたのだという実感がわいてきた。胸いっぱい空気をすいこむ。空気がおいしい。

たった五匹しか魚はつれなかったが、みんな喜んでくれた。ぼくは、調査した牛小屋のことを話した。塩があったと言うと、みんな目を輝かせた。

「今度雨が降った時、みんなで作業しようと思うが、アトムはどう思う？」

とタロウはぼくに聞いた。

「飼料や塩、屋根裏には乾草《かんそう》もあるみたいですが、晴れた時に、天日に干したらいいと思います。使えるかもしれないし」

「よし、では、明日、ぼくとタロウであるものを全部干そう」

ということで、次の日は、エサになりそうなものを全部干した。塩は台所にいったけど。使えるかどうかの判断は、ダナエがする。ダナエが食べればエサ。食べなければ肥料。

毎日忙しくぼくはすごした。日の出と同時に起きて、朝ごはんを作る。朝、昼は当番制だ。午前中は、農作業をして、午後はつり。この頃は、ダナエに農作業させる訓練もしている。晩ごはんは、みんなで作り、食べながら今日したことや、次の日の計画を立てる。まるでサークル活動の合宿だ。みんなが仲間だと感じられる。

35　虹

今日は雨が降った。計画通りみんなで牛小屋をそうじして、物の整理をし、すぐ使えるようにする。一冬分のダナエのエサはある。午後は、大広間に集まって、歌を歌った。「元素記号」の歌やみんなが知っている歌。楽しかった。

雨が上がったので、ダナエと一緒に外に出た。ダナエはこの場所にすっかり慣れたので、放牧してもいい。虹が出ていた。きれいだ。ユリ、虹だよ、と心の中で話しかけていた。この虹をユリと一緒に見たいと思った。ユリがそばにいないということは、感動を分かち合える相手がいないということだ。ぼくはユリを失ったのだ。切ないという言葉の意味を、ぼくは初めて知った。

36　永住計画

　ユリのことを忘れるために、ぼくは一生懸命働いた。体だけでなく、頭もしっかり働かせた。つりをしながら、上水を引く方法を考えた。田んぼに水を引いているのだから、川から水を引くことは可能だ。上水を引くことができれば、毎日、水を汲みに行かなくてもいいし、人数が増えても大丈夫だ。さっそく晩ごはんの時に話そう。

　自分の思いつきに気をよくして、ぼくは帰途についた。魚を台所に置いて、ダナエの世話をする。今日も農作業で体がよごれている。タオルでよごれをふきとり、ブラシをかける。蹄《ひづめ》もきれいにする。

「おまえは働きものだね」

　と言って、首をなでてやる。

「アトム、新入りだ。天の岩戸神社まで、ダナエをつれて、迎えに行ってくれ」

　と言うタロウの声がした。そうか、ダナエがいると、荷物も運べる。

「ダナエ、もう少し働いてくれ」

　そう言って、ダナエと一緒に出かける。

一カ月前来た道を逆に下っていく。細い一本道だ。

天の岩戸神社に行くと、ユリがいた。ロバを引いていた。

ユリ、と声をかけようとして言葉をのみこんだ。今度こそ、ぼくが先に言うのだ。ぼくは、風のようにユリのそばに駆けよって手を握った。

「ぼくと結婚してほしい。今、ここで」

「もちろんよ。天の岩戸神社で、結婚式を挙げましょう」

ぼくたちは、二人だけで結婚式を挙げた。二頭のロバを立会人にして。

ユリは、ロバに荷物をたくさん積んでいた。ヒヨコの入ったカゴだけぼくが持って、高千穂のくにに帰った。

事情を説明すると、タロウはびっくりしたが、

「おめでとう。では、同じ部屋でいいね。あとでお祝いの会をするから、大広間に来てくれ」

と言った。

荷物を部屋に置いて、ユリはお風呂に行き、ぼくはロバとヒヨコの世話をした。ロバは、一歳二カ月のオス、名前はピノキオ。寝わらをしいて、水と草をやる。疲れているだろうから、体をきれいにするのは、明日。ヒヨコも牛小屋に放し、農作業用ネットをかける。

エサはユリが持ってきたのをやる。ユリの荷物はたくさんあるけど、さわらない。たとえ夫婦だって、勝手にさわらないものなのだ。

お祝いの会では、タロウが神妙な面持ちで言った。

「ここで結婚するということは、いずれ子どもが生まれ、世代交代があるということだ。つまり、今日、この高千穂は、本当の意味で『くに』になった。アトム、ユリ、本当におめでとう。今日は、二人の門出であると同時に、この高千穂のくににとっても、新しい出発だ」

拍手が起こった。ぼくたちは立ち上がってお礼を言った。そして、ユリは堂々と簡潔に自己紹介をした。

会の終わりに「ちはやぶる　神代の高千穂」を歌った。なぜかユリは恥ずかしそうに小さな声で歌っていた。

その後、ぼくとユリは外に出た。

「星がきれいだ」

「こんなにたくさん星が見えると、星座なんて全然わからない」

「ずっと一緒にいてほしい」

「死ぬまであなたのそばを離れない」

ぼくたちは黙って指切りをした。

「私たちの話、だれも聞いていないわよね」

「星以外は」

「では、部屋に入って、二人っきりになりましょう」

「だれにも、何者にも聞かれないように」

37 ユリの話

次の日、ユリの口から真実が語られた。

「ちはやぶる　神代の高千穂」の歌の意味がわかった時、あなたは行ってしまうに違いないと思った。あなたは情報主義社会の詳しいことをよく知らなかった。それなのに、いわば動物的直感で、そのおかしさを見ぬいていた。だから、具体的にどんなことが行われているかを知ったら、行ってしまうと確信したの。毎日不安でたまらなかった。あなたが行ってしまったらどうしようと悩んだ。

でも、ある時思いついたの。私も一緒に行けばいいんだと。私は文学が好き。文学を勉強したいと思っていた。でも、語る相手がいなければ、言葉は生まれない。言葉は、好きな人のそばにいてこそ輝くのよ。それに、高千穂には神話というすばらしい物語があるわ。今から先の物語は二人で紡いでいけばいいのよ。

あなたが出発の準備を始めた頃、私も準備を始めた。そう、あなたのご両親も、うちの家族もわかっていた、あなたの気持ち。だから、黙って見送ったのよ。私はあなたと一緒に出発しようと思った。でも、父から止められたの。一カ月待ってほしいと。そのわけは恐ろしいものだった。

父の仕事は、情報省の危機管理だった。機械や情報ではなく、人心の、つまり、情報主義社会を受け入れない人たちをどうするか、だった。

父は、「情報主義社会を受け入れない考え」も、大事な情報だと考えた。何より、そんな考えを持つ人こそ、社会にとって有用な人材となると考えた。

そこで、父は「高千穂のくに」を作った。下手な詞《し》だと思ったら、「ちはやぶる　神代の高千穂」は父の作詞なの。父はなんでもできる人ではあるけれど、文学の才能はないわね。それはともかく、このくには、二つの役目を果たした。一つは、情報主義社会からの脱出者の受け入れ、もう一つは、同じような意見を持つ者が交流して仲間をつくること。

父の仕事は、成功したといってもいい。常に十人程度の若者が集まって交流していた。

そして、そのうちの多くの人たちは、いずれ恋人や家族の待つ情報主義社会に帰っていった。人は、情報がないと生きられないと父は言った。そんな人たちから、父は話を聞き、情報を集積した。そして、希望する職を紹介した。どんな考えを持っていても、不利益になることがあってはならない、これこそが父の、いえ、情報主義社会の理念だった。

もちろん、高千穂のくににずっと残る人もいたけど、それはそれで構わなかった。それは社会の安全弁の働きをする、社会にとって必要な場所だと。

ところが、つい最近、とんでもないことが発覚した。「フルムーン」というウイルスに多くのコンピュータが感染していたの。このウイルスは、名前の通り、満月の時、つまり、月、地球、太陽が一直線に並んだ時だけ働く。そして、ごく微小な誤作動しか生じさせない。ウイルスに感染したことがわからない程度の。だから、感染しても、すぐにはわからない。その結果、ウイルスの特定が遅れ、対処ができなかった。つまり、今の日本では、大多数のコンピュータが誤作動を起こしている。このような事態は、壊滅的な危機であると父は言った。次の満月の時に、ウイルス「フルムーン」は何をするかわからない。場合によっては、日本中は、大混乱になるだろう。公共交通機関はもちろん、水や電気などのライフラインが止まるのだから。つまり、日本という国は滅びるかもしれない。

そこで、高千穂のくには、別の意味を持ってくる。人々が生きのびるための地になるのだ。だから、ユリには、人々にとって必要となるものを厳選して持っていってほしい、と父は言った。

それが、オスのロバ、ヒヨコ、種もみ、野菜の種、宮崎の詳しい地図（地層、土壌）、『塩の道』という本、こうじなどよ。それから父はこうも付け加えた。かの地で生きのびるには、病気にならないこと、ケガをしないことが大事だ。特に慣れない道具を使う時は気をつけること。そして、ユリは、一人で子どもを産んで育てなければならないから、そのために必要な知識は、すべて覚えていきなさい、と。

それからすべてを準備するのに、父の言う通り一カ月が必要だったの。

私たちには、もう、頼る人も、帰るところもない。力を合わせて、生きぬいていきましょう。


ユリの顔は、神々《こうごう》しく、美しかった。

（ノートの文章はここで終わっていた。そして、四通の手紙が挟まれていた）

【第一の手紙】

私たちはどこでまちがえたのだろうか。人類のためになると信じてやってきたことが、こんな結果になってしまい残念でならない。

アトムよ、高千穂のくにの人口が増えたら、宮崎平野におりて、くにを発展させてほしい。その頃には、混乱も収まっているだろう。宮崎は気候もいいし、海も近い。きっと、いいくにになるだろう。

ユリの父より

【第二の手紙】

私は今、あなたとユリの写真を見ながら、手紙を書いています。あなたたちの小さかった頃から、高校の卒業式の時までの。本当に幸せな年月でした。あなたたち二人の成長を見られたことこそが、私たちの幸せでした。

どうかユリをよろしくお願いします。

ユリの母より

【第三の手紙】

アトムよ、おまえは身も心も健やかに育った。私たちの自慢の息子だ。おまえなら、何があってもりっぱに生きていけると、私は信じている。

私たちのことは心配しなくていい。自分の人生をしっかり生きてほしい。

父より

【第四の手紙】

人類は、努力と競争によって、発展してきました。でも、アトムのように、たいして、努力も競争もしなければ、人類は、もっと幸福になれたのではないか、と、私はこの頃思うのです。

ところで、あなたは忘れているかもしれませんが、あなたとユリは、五歳の時に、結婚の約束をしています。

砂場で遊んでいる時、ユリが、

「おとなになったら、けっこんしてね」

と言いました。あなたは本当にうれしそうな顔をして、

「うん、やくそくするよ」

と言って、一番大事にしていた、青い犬の積み木をユリにあげました。そして、指切りげんまんをしました。

約束は、果たしましたか。お幸せに。

母より

おわりに

（人類学者）

二体とも、八十歳くらいで、骨折のあともなく、歯も全部そろっている。天寿を全うしたようだ。

（哲学者）

言い伝えは本当だった。

かつてあった高度な文明は、滅んだ。そして、このくには、高千穂に始まり、宮崎平野に広がった。だから、今でも「高千穂のくに」といわれる。

そして、アトムとユリに始まる私たちの物語は、このノートから始まる。

二人とも、元通り埋めもどすがよかろう。飯盒、ノート、青い色の積み木と共に。すべてのものは、あるべき場所に。そして、二人の眠りをじゃましないように、ご神木を植えよう。二度と掘り返されないために。

了

朝ごはんの法則

序章

さわやかな五月の朝、いつものように駅に向かって歩いていたら、いつもと違うものが目に入った。「朝ごはんの店」？　確かここは、「神亀」という居酒屋だった。居酒屋というには、食事はおいしく、置いてある日本酒は私好みで、二週間に一度はここで飲んでいる。おとといも仲間と一緒に飲んだばかりだった。その時、大将は店が替わるなどとは言っていなかった。

すぐに入って確かめたかったが、電車に遅れそうだったので、とりあえず出勤して、夕方確かめることにした。

定時に職場を出て、店に向かった。

「神亀」といういつもの紺ののれんがかかっていた。私は、白い文字を眺め、狐につままれたような気持ちでドアを開けた。

「いらっしゃい」

と大将が声をかけた。気のせいか、あまり機嫌がよくない。私が朝のことを話すと、大将は明らかに機嫌が悪くなって、いやいやながらいきさつを話した。

何でも一カ月くらい前に、ここに朝ごはんの店を出したい、屋号も道具もすべてこちらで用意するから、午前中だけ場所を貸してほしいという話が来た。当然大将は断ったが、相手はいずれ日本中がそうなるからとか、ここは駅に近くて場所がいいとか、脛《すね》に傷はないのかとかわけのわからないことを言うので、大将は「もう二度とここに来るな」と怒鳴ったそうだが（脅したであろうことは想像に難くない。ここの大将顔はいいが、気が短く、面倒な話は嫌いだ）、それでも何度も来てうるさいので、大将も根負けしたらしい。誇り高い大将が、たとえ屋号が別でも店を貸すとは考えにくい。よくわからない話だ。

よくわからないといえば、店を借りて朝だけ営業するという情報も聞いていない。大将が今日は機嫌が悪いので、帰ることにした。

一

次の日の朝、「朝ごはんの店」に行った。ドアを開けると、

「おはようございます」

　とさわやかな声がした。涼しい顔の青年が一人で切り盛りしている。同じ店のはずなのに、全然雰囲気が違う。テーブルもいすも時計も棚に並んでいる酒も何も変わっていない。

「朝ごはんですね」

　と言って、青年はすぐごはん、みそ汁、鮭の塩焼きを出した。メニューは、と聞くと、これだけです、という返事。当然のような顔で言われると納得してしまう。そういえば家で朝ごはんを食べる時、何がいいかなんて聞かれない。味は悪くない。特別おいしいとも思わないが、みそ汁は家庭的で素朴な味である。

　雰囲気の違いは、料理人だ。「神亀」の大将は、プロの料理人であり、おいしいものを作るために、修業を積み、日々努力をしている。しかし、この料理人は、殿様が気晴らしにごはんを作っているという感じなのだ。顔も公家《くげ》風で、殿様って感じだし……だから、家庭的でゆったりしている。

「朝は、ごはんに限る」

　私がひそかに青木のじいと呼んでいる老人が言った。「神亀」の常連で、元会社社長。縦にも横にも大きく、柔道をやっていたらしくいかつい感じだが、笑うと意外に愛嬌がある。

「そうですね。白ごはんのほうが、おかずにバリエーションができますし、毎日食べてもあきません。何より主食の中では、一番安いです」

青年（名前を調べないと不便である。しばらく殿様と呼んでおこう）は、ゆったり答える。

「それに腹持ちもいい」

青木さんは、うれしそうである。

「お米は、何ですか」

上品な老婦人が尋ねた。近くの石井さん、元小学校の教師。ほとんど白髪になっているが、それが似合っている。ああいう風に年をとりたいものだ。

「ゆめつくしです」

「地元でとれたものですね」

開店二日目で、なんとも家庭的な雰囲気である。

私が、食べている間に、サラリーマンが二人、黙って食べていた。一人は、会社員で博多駅の近くに勤めていて、もう一人は、天神のデパート勤めである。

料金は、妥当な線。自分で作ることを思うと安いし、店に入ったら、すぐ食事が出て来て早い。明日も来てみようと思った。

●朝ごはんの法則1
朝ごはんには、白ごはん。

二

次の日も「朝ごはんの店」に行った。今日は、卵料理、好きなように料理してくれるそうだ。青木さんは、卵ごはんにしている。石井さんは、卵焼き。私は、目玉焼きにしてもらった。子どもの頃、母に何がいいと聞かれた記憶がよみがえった。客は六人、昨日の顔ぶれに新たに女性三人、まだ若く知人同士のようだ。よく知らない人たち。卵料理は、単純な料理がイイと言って、炒り卵を頼んでいる。単純さでは目玉焼きの方が上と思うが……。

「出汁《だし》がよくきいてますね」

石井さんが、殿様に言うと、

「いりこです。いりこは、おいしいし、簡単なのです」

簡単という理由で、材料を選ぶ料理人はいるだろう。しかし、それをお客に言う料理人がいるかしら。

「いりこの頭とはらわたをとるのですか」

石井さんは、いつも礼儀正しい。

「いいえ、頭もはらわたも含めて出汁です」

やはり、この料理人は素人だ。

「そう、捨てるなんてもったいない」

青木さんも、口を挟む。出汁を取ったことがあるのかしら。

「おいしいです」

「生臭くもなんともない」

二人は口々にほめた。確かにおいしい。みその味は薄いのに、出汁のせいかしっかりした味がする。私もほめたくなったが、ぐっとこらえた。

「出汁がしっかりしていると、みそ味が薄くてもおいしいわけですね」

代わりのように、石井さんが言った。

「そうです。どうしても塩分の取りすぎになってしまいますから、出汁を濃くして、みそを少な目にしています」

「体によいみそ汁というわけだ」

健康の話が好きな青木さんが、しめくくる。

もう少しで、「ほめ合う家族の一員」になるところだった。要注意。

●朝ごはんの法則2
みそ汁の出汁は、いりこ。頭もはらわたもとらない。出汁をしっかりとって、みそを少な目にする。

三

今日も、「朝ごはんの店」で、朝食。今日は、納豆。のりやかつおぶしやふりかけなどが置いてある。納豆が食べられない人はどうするのだろう。納豆とのりでごはんを食べる。みそ汁の具は、白菜、ネギ、豆腐、油揚げ。野菜が多いような気がする。みそ汁とは、普通、豆腐や油揚げが浮いているものなのに、ここのみそ汁は、浮かぶ余地がないほど野菜が入っている。みそ汁とは言い難い代物だ。

しかし、みんなおいしそうに食べている。石井さんにいたっては、

「朝のお野菜はおいしいですね」

と殿様をほめている。殿様は当然のように答える。

「外食が多い人はどうしても野菜が不足しがちです。野菜というと生野菜を連想する人が多いのですが、煮たり焼いたりしたほうがたくさん食べることができます」

「だから、みそ汁で野菜をとるわけだ」

青木さんが納得という感じでうなずく。

「具がたくさんあると、幸せな気持ちになります。みそ汁は、朝のメインディッシュになりますね」

「みそ汁を一番中心に考えています」

そうだろう。今日は納豆、昨日は卵、おとといは鮭。おかずは簡単なものばかりだ。

「タンパク質は、外食でいくらでもおいしいものが食べられる。でも野菜はそういうわけにはいかんのだ」

外食が多かったであろう青木さんが言う。人の話を聞きながら、みそ汁を食べると、家族そろって朝食を食べていた頃を思い出す。

今日のお客は、前日と同じメンバー。若い女性三人組は、一緒にマンションを借りてい

る大学生だ。この頃仲間同士で一緒に住む大学生が多くなっている。専攻は情報処理。

●朝ごはんの法則3
みそ汁で野菜をとる。

四

青年の正体は知れない。でも、わからなくてもかまわない。今日も「朝ごはんの店」に通っている。正直にいって朝ごはんを作る手間が省けるのは助かる。

今日のメニューは、薄切り肉を焼いたもの。朝ごはんに肉はどうかと思うが、白ごはんだと結構いける。みそ汁の具は昨日と同じだが、ネギの代わりに春菊が入っている。白菜の黄色と春菊の緑が美しい。青木さんも石井さんもおいしそうに食べている。

「今日は、いつもより味が濃い感じがします」

と石井さんが言う。

「春菊は味が濃いので、少しみそを少な目にしたのですが、まだ多かったようです」

と殿様は恐縮して答える。僅かな味の違いをわかる人がいて、うれしそうである。

「いやいやおいしい」

と青木さんがすかさずほめる。やれやれ。

今日は、お客が多く、昨日のメンバーに近くの寮に住む大学生が二人（教養課程で何を専攻するかは決めていない）、すぐそばの病院勤めで夜勤明けの看護師が一人である。朝ごはんの店は繁盛するかもしれない。

●朝ごはんの法則4
青菜など味の濃い野菜の時、みそ汁のみそは少な目にする。

五

久しぶりに「朝ごはんの店」に行くと、大入り満員である。十一席あるカウンターは満席で、奥の座敷席までお客がいる。全部で十七人。近くに住む勤め人がたくさん来ている。カウンターには、朝の常連が座り、奥に最近常連になったとおぼしき六人のサラリーマンが座っている。みんな黙々と食べている。しゃべっているのは、青木さんと石井さんくらいのものだ。そういえば、この頃、食べながら携帯機器を見る人はあまり見かけない。普通左手につけて時々見ていたものだが（昔はここには、時計をつけていたらしい）最近は必要な時だけ見るようになった。これは、情報化社会が成熟した証拠といえるだろう。

今日のみそ汁は、豆腐、油揚げに青菜だけである。

「今日のみそ汁は、特においしい」

何でもほめる青木さんが言う。

「いつも以上にコクがあります」

すばらしいコンビネーションで、石井さんが続ける。

「小松菜を炒めて入れました。少しあくがあるので、炒めた後ゆでてあく抜きをします。青菜は炒めると味がよくなります」

たかがみそ汁によくそれだけ手間をかけたものだ。でも、おいしい。

●朝ごはんの法則5

みそ汁の青菜は炒めた後あく抜きをする。

六

今日も「朝ごはんの店」に行っている。全然あきない。今日は、魚の切り身の煮付け、どうもお刺身の残りみたい。案の定、殿様が、

「神亀の大将からもらいました。新鮮なお刺身を昨日のうちに煮たからおいしいです」

とうれしそうに言った。何でも後片付けがきれいとほめられたらしい。そんなことで喜ぶとは余程おめでたい人間だと言わねばならない。そう思っていると、殿様と目があった。

「あら炊きもあります。よかったら、どうぞ」

と、いつもよりにこにこして、勧めてくれた。あわててあら炊きをとって、身をむしることに専念した。

　隣では、大学生が二人、一般教養のテストの勉強をしていた。現代では、大学の教養課程は三年で、人文科学が重視される。歴史では、情報史や科学史など人類の思想が中心で、権力争いなどは重視されない。どうやら話は、情報史で、五十年前の情報革命についてらしい。懐かしい。私も大学時代に習った。

　それまで、人類にとって、科学、芸術、個人情報、広告、事件、事故などの情報価値は、

まったく次元の違うものであって、それぞれ個人が自分の所有物として扱っていた。そのため、ありとあらゆる弊害が出てきた。情報を持つ者と持たざる者の間に大きな格差、個人情報の流出によるプライバシーの侵害や犯罪、科学技術の軍事使用による殺人破壊行為、地球環境の悪化……それらすべての解決として格雅人《かくまさと》がとなえたのが情報革命である。

「すべての情報を一元化して、よいことにのみ使わなければならない」「すべての格差の元は情報の不平等による」「情報は、個人の欲望ではなく、必要に応じて与えられる」

情報革命憲章
一、すべての情報は、全人類のためよい目的のために使われなければならない。
二、すべての情報は全人類に必要に応じて与えられなくてはならない。
三、人は情報の下に平等でなければならない。

情報三原則……これこそが、幸福と平等をもたらすものだ。

みそ汁の具は、大根、油揚げ、豆腐によく知らない青菜が入っている。いつもと味が違うような気がする。

「今日は、出汁が違いますね」

石井さんが尋ねると、

「大将から魚のあらをもらったので、それで出汁をとったのです。生臭くならないように大根を入れました」

「そうです。入れすぎると、出汁がきかなくなるのですが、ちゃんと出汁がきいていますね」

「大根の葉も炒めたのですか」

「そうです」

石井さんはうっとりと、みそ汁を味わっている。あんな風に食べてもらうと、みそ汁もうれしいだろう。

●朝ごはんの法則6
魚のあらもみそ汁の出汁に使える。

生臭くならないように大根を入れる。

七

いつものように「朝ごはんの店」に行くと、洋食屋のようなにおいがした。なんと今日のおかずはハムエッグ。みそ汁の具は、小松菜を炒め、豆腐、油揚げを入れたもの。

黙って食べていた青木さんが、

「ハムエッグもごはんに合う」

と言った。

「最近、若い人が多くなったので、洋食風にしてみました。お口に合うとうれしいです」

「私も、こんなのが食べたかったのです」

と、石井さんがうれしそうに言う。

「やはり、白ごはんのほうがいろいろなバリエーションができます。他のものも試してみます」

殿様もうれしそうである。

今日のお客も昨日と同じメンバー。夜と違って朝ごはんは、同じ店に続けて通ってもあきないのだろうか。青木さんの向こうに座っている情報処理の女子大生が、ひそひそと話している。しばらくして、佐藤さん（長身でおしゃれな感じの着こなしをしている）が、青木さんに声をかけた。

「情報革命の時のお話を聞かせてください」

「私たちは、K大学で情報処理を専攻しています」

「情報革命の体験者から、お話を聞いてレポートを作る宿題が出ました」

白石さん（肩まである髪とカジュアルな洋服）と鈴木さん（短身で短い髪、茶色の洋服が好き）が口々に説明する。

情報処理の勉強は、実地訓練や聞き取り調査が多い。事実を情報化するための手段を獲得するためである。さらに実際に人から直接学ぶことは、特に若い人にとっては情報を得るだけより勉強になる。今では情報提供に多くの人が積極的である（というより、人が必要とする時は、情報提供を義務づけられている）。しかし、青木さんは、

「うーん、情報革命、五十年も前のことだねえ」

と、あまりうれしそうでない。

「お願いします」

と鈴木さんに言われて、青木さんはぽつりぽつりと話しだした。

あの頃、私は「トコデモ・ドア」というIT企業の社長だった。学生の頃作った会社で、

相当な売り上げがあり、月旅行に行けるくらい儲かっていた。今では、クラウド政府が認める学術調査の人しか行けないが、当時はお金さえ出せばだれでも月旅行に行けた。金で買えないものはなかった。それはさておき、当時ＩＴ産業は時代の最先端を行く産業で、私は時代の寵児になった。今思えばただ人の情報を売って儲かっていただけなのに、コンピュータやインターネットという言葉にごまかされて、とても知的な職業だとみんな思いこんでいた。

当時は資本主義経済の最終段階で、経済のグローバル化が進んで、あらゆる弊害が出てきた頃だった。労働者の賃金は低く、真面目に働いても食べていくのがやっとで、携帯機器で呼び出されるまで働くところがないという労働者がたくさんいた。その一方で私たちのようにＩＴ産業や自宅での株の取引で、億単位で儲かっていた者もいた。さらに人類は、科学技術を軍事、遺伝子操作、商品開発などあらゆる分野に使い、軍事活動や経済活動によって、地球環境は急激に悪化していた。当時は、温暖化だけが問題で、個人の心がけや資源のリサイクルによって資源の無駄遣いをやめることができると企業も国家も広報していた。でもみんなこんな社会がいつまでも続くはずがないと思っていた。

そして、世界恐慌となった時、世界中に失業者があふれ、家のない人々がたくさん出た。各国政府はいろいろな手を打ったが、資本主義社会の行き詰まりはだれの目にも明らかだった。

そんな時に、格雅人が『情報革命』という本を出した。初めはだれも本気にしなかった。情報より生きること、つまり、衣食住が先だと思った。だいたいそんなことができるわけがないと思った。ところが、「情報の差が格差を生む」「人間は情報を操る動物である」「人の最も大きな欲望は、情報欲である」という言葉には説得力があり、若者の間で読書会が開かれるようになった。私は情報の権威として時々呼ばれたが、納得するところが多かった。肉欲には限界がある。金銭欲だって、その使い道は、月旅行は情報を得るため、ブランド物も、ブランドという付加価値の情報によって初めて価値がある。私もその時、ＩＴ産業は、ただ、人の情報を売っていただけだということに気づいたのだ。

私は、他の人より格雅人の思想を理解できたと思う。なんせ情報で仕事をしていたから。しかも、情報を世界的に一括管理するのには反対だった。そりゃそうだろう。わしらは、情報を売って儲かっているだから。

その中で、日本のＩＴ業界で一人賛同し革命に参加した者がおった。彼は積極的に自分の技術を提供し革命を成功に導いた。それに、当時ワーキングプアと言われた若者たちが続いた。彼らは情報化社会で育ったので、情報の力がわかっていたし、何より自分たちが今の状態から抜け出したいと願っておった。彼らは毎晩インターネットカフェで、知る限りの情報を送信した。

しかし、それだけでは「情報革命」は成功しなかったと思う。なぜなら、高度の秘密情報はワーキングプアの若者たちには手に入れられないものだからだ。つまり、かなりの数の国家機密や企業秘密などを知る人間が協力したと考えられる。

革命は、インターネットによってひそかに行われ、多くの人が気づいた時は八割方成功していた。つまり、世界中の情報が一括集積されていた。もちろん違法に集積されたものもあったが、「正しい目的のために」多くの人が協力した。後は、お決まりの軍事介入があったが、なんせ情報がどこに集積されているか、クラウド政府がどこにあるのか、定かでないので攻撃のしようがない。たとえわかったとしても、すべての情報が集まっている以上、「情報世界政府」にかなうものはいなかった。仕方なく、各国政府は、クラウド政府の下の機構につき、現在に至っている。

さすが、T大出、説明が簡潔である。少し付け加えると、青木さんは、情報革命のことを「情報共産主義だ」と、反対した。彼は、情報とは個人の所有物と考える当時の古典情報主義者の一人だった。発明や発見、あらゆる芸術作品も同様で本人の持ち物と考えられた。だから、売買することも可能で、ＩＴ産業が成り立っていたわけである。でも、青木さんのような考え方をする人は、当時一般的であった。だから、青木さんが特別だというわけではない。ただ普通でなかったのは、青木さんが有名人であったことと「情報共産主義」という言葉を使ったことだ。その言葉によって情報革命の理解は急速に進み、青木さんはいわば情報革命の陰の功労者なのである。青木さん自身が意図したことではないだろうけれど。

三人は、メモも取らずに一生懸命に聞いていた。情報革命のことを直接聞いたのはおそらく初めてだろう。いい情報提供者に出会ったものだ。彼らがいいレポートを書くことを願う。

●朝ごはんの法則7
パンに合うものは、ごはんにも合う。

八

この頃、「朝ごはんの店」の行くのが楽しみである。まず、殿様の声がいい。今日も一日がんばろうという気になる。今日のおかずは何だろうと子どもの頃思ったことを思い出す。今日は、もやしとわかめ、麩《ふ》、じゃがいものみそ汁に、小さい肉団子（ハンバーグ）。おいしそうだが、喜んではいられない。彼はいったい何者なのだろう。個人情報をむやみに詮索するのはよくないことだとは思うが（法的にも、道徳的にも）、気になる。切れ長の目が意外ときれいだと思って見ていると目があった。思わず目をそらしたが、変に思われなかっただろうか。

「今日は、めずらしく麩が入っていますね」

石井さんの言葉にほっとした。

「もやしは香りがありますが、味が少し足りないので、味をよくするために麩を入れました」

「いや、肉団子だと、このくらいの味がいい」

青木さんが言うが、私はもやしの香りがおいしいと思った。

寮に入っている大学生の二人、加藤さんと木村さんが話している。

「テストで、情報革命の一番大事な前提は何かって、わかった？」

「情報原則の整合性だろう」

「大原則、中原則、小原則、細則の？」

「そうそう」

「ふーん。ボクは、情報憲章かと思った」

「それは、大事だけど、情報を扱う時のフェアプレーの精神みたいなもので、実際に情報を扱う時は、優先順位をはっきりさせなきゃ」

「どういうこと？」

「情報をほしがる人に無制限に与えると、世界中が混乱する。そこで、何が優先するかを決めたのが情報原則だ」

「そこまでは、よくわかる」

「よく例に出されるのが戦争だ。情報革命まで戦争がなくならなかったのは、原則が機能してなかったからだ。つまり、人の命は尊いなんて言っても、戦争では平気で殺人を犯す。資源だって無駄にする。人命より国益優先だ。ところが国益には確たる定義がない。だから、大原則の人命尊重、資源の有効活用を遵守すると戦争はできないわけ」

「国益はどうなるわけ？」

「国益は、定義できないので、原則には入ってない」

「細則には？」

「国によって違うけど、日本は国益を尊重するとある。つまり心がけみたいなもの」

「つまり、きちんと定義できないものは、原則にはならないということ？」

「そう、概念がはっきりしているものが原則になる。その中で、だれもが賛同する、人命尊重、資源の有効活用などが大原則、基本的人権の自由、平等などは中原則となる」

「自由、平等は、大原則じゃあないの？」

「いや、表現や職業選択の自由は無条件に認められるけど、火星に住めるわけではない」

「技術的には、可能だけどね」

「資源有効活用の観点から認められていないわけだ」

「そうそう。平等についても同じ。医療は人類が平等に受けられるけど、情報はだれでも無制限に手に入れることはできない。必要に応じてと情報憲章にもあるだろう」

「なるほど、様々な情報を管理するだけではなくて、価値判断のもとになっているのが、情報の原則なのか。それで、価値判断に齟齬《そご》が出ないようにするために整合性が大事ってわけだ」

「そう、その通りだ。よくわかっているじゃないか」

「いや、説明がよかったのさ。それにしても、よく知ってるな」

「うん、情報処理を専攻しようと思ってるんだ。今、世の中を動かしているのは、情報だ。情報はあるだけ、集めるだけでは、役に立たない。情報をどの原則でどう処理するかが、大事なのだ」

「そうだな」

●朝ごはんの法則8
みそ汁は、香りのあるものと味のあるものとを一緒にする。
もやしは香りがあり、麩は味をよくする。

九

今日も「朝ごはんの店」に行く。今日のおかずはぶりの照り焼き、そして、わかめ、豆腐、ネギ、油揚げのみそ汁である。おかずがしつこいので、その分みそ汁はあっさりしている。

「ぶりの照り焼きは久しぶりだ」

青木さんは、おいしそうに食べる。

「朝からどうかと思ったのですが、新鮮なぶりがあったので、つい仕込んでしまいました」

殿様が言うと、

「朝はしっかり食べるほうが、仕事もはかどるし、体の調子もいいです」

石井さんがこともなげに言う。二人とも食欲旺盛だ。

今日も大入り満員。いつものメンバー。いつもの三人組が、今日は看護師の中村さんの隣に座っている。案の定、佐藤さんが、

「情報革命以降、病院で一番変わったことを教えてください」

と言っている。

「情報革命以前のことは知らないのですが……」

そう中村さんは、まだ二十代のようだ。私とあまり年が変わらない。

「知っている範囲でいいですから……」

「私が、専攻科で勉強したことは、革命以前は、ある病気に対して治療はどの人も同じようなものだったそうです。ところが、情報革命によって、個人の情報が集積されて、各人の個々の症状に一番有効な治療が受けられるようになりました」

「薬物アレルギーがあるとか、薬の効き方に個人差があるということですか？」

「それだけでなく、遺伝子を調べて、事前になりそうな病気を防ぐこともできます。何より、本人に聞かなくても、病歴や家族の健康状態がわかるので、急患や意識不明の患者で

もすぐに治療することができます」

最近は寿命が延びて、百歳でも元気な人はたくさんいる。それも、医学の進歩によるものより、情報の適正化によるところが大きい。つまり、病気になる前に、その人の体にあった情報提供をして、健康管理をし、病気になりにくくする。死ぬまで人間らしい生活ができるように、必要な情報（痛み止め、ホスピス、体の状態に応じた施設など）を提供している。情報革命のおかげだ。

「二十一世紀の初め頃まで、臓器移植が行われていましたが、現在それをしなくなったのは、平等の原則に反するからですか？」

鈴木さんが尋ねる。

「それもありますが、脳が人体の持ち主という考えが命の尊厳の大原則に反すると判定されたのです」

「どういうことですか？」

「例えば、A氏の脳をB氏の身体に移植すると、その人物はA氏ということになります。顔も指紋も脳以外の臓器はB氏であるにもかかわらず」

情報革命以来、人類は、些末な情報や感情的な情報の処理に煩わされることなく、抽象的な思考に時間を費やすことができるようになった。

医学や科学技術はここ五十年くらい発達していないといわれている。事実めざましい進歩は発表されていないが、世界政府の元でありとあらゆる研究は認められている。そして、人類の幸福につながると認められ、全人類に可能な治療だけが、発表される。争いの種になるものや全人類に与えられないものは公開されない。情報の下《もと》に平等ということはこういうことなのだ。

だから、交通手段も電子機器も日本では五十年前とさほど変わらない。しかし、人類すべてが健康で安全な生活ができるということは、すばらしいことだ。

●朝ごはんの法則9

朝からしっかり食べることが健康の元。

十

今日も「朝ごはんの店」に行く。今日は、目玉焼き、それとみそ汁……具は、白菜と豆腐、油揚げ。白菜にしては青いようだが……。

「この白菜は、外葉を炒めたものですね」

「そうです。そのままだと堅いのですが、炒めて煮るとやわらかくなり、味も出ます」

「こくがありますね」

石井さんが、ほめる。なるほど、コクがあって香ばしい。今日は、「食材を無駄にしてない」などと言いそうな青木さんがいなくて寂しい。

今日も大入り満員。いつものメンバーに青木さんがいないだけ。

いつもの三人組は、今日はデパート勤めの野村さんの隣に座っている。今日は白石さんが尋ねる。

「デパートでは、個人情報はどのように活用されていますか」

「私は、婦人服売り場を任されていますが、お客様が今までどのような服を買われたか、どのような好みをお持ちなのかわかっていますので、すぐにお勧めの品をお見せすることができます」

「よその店で買っても、ですか」

「そうです。生まれた時からのお買い物の記録がデータベースに集積されています」

「どんな品物も、ですか」

「そうです。本、おもちゃ、家具、食品……。それだけでなく、家族の買い物リストもあるので、プレゼントをされる時にも便利です。友人にプレゼントする時は、その方のリストをお見せすることもあります」

「プライバシー法には、触れないのですか」

「どの程度親しいかの情報判断によって、お見せする場合もあります」

「ということは、お店ではなく、情報局が判断するわけですね」

「そうです。私たち店員には情報開示のレベルを決定する権限はありません」

●朝ごはんの法則10
白菜の外葉を炒めて煮るとおいしい。

いつもいる人がいないと寂しい。

十一

今日も、「朝ごはんの店」に行く。殿様の正体がわからないことも、想像の余地があって、楽しいいし、私の今の仕事には、支障がない。

さて、今日のみそ汁は、白菜、春菊、豆腐、麩である。よく豆腐が出るものだ。おかずは、豚のショウガ焼き。

「ここでは、お豆腐をよく使いますね」

石井さんも同じことを感じていたらしい。

「実家は、両親が働いていたので、祖母が朝ごはんを作っていました。豆腐があるとのどの通りがいいというのが祖母の口癖でした」

「では、おばあちゃんの味なのですね」

「そうです。私は料理を専門に学んだわけではありません」

「わかるような気がします」

「うん、懐かしい味だ」

青木さんもすかさず、会話に参加する。

「家庭の味、余分なものがない感じがします」

なるほど、殿様はプロの料理人ではない……。

さて、勉強熱心な三人組は、今日は……と見回していると、いつもと違うメンバーがいた。この地域の警察官、沼田さんだ。本来の仕事は、犯罪に関する情報管理だ。現代では、あらゆる個人情報が、一括管理されている。指紋、血液型、身長、体重はもちろん、親族、病歴、職業、趣味、交友関係、嗜好《しこう》、思想、経済状況（現金、有価証券、不動産はもちろん、所有物すべての例えば本の数、書名）、昨日買った物、今日食べたもの、いつどこで何をしていたか……だから、犯罪が起こっても、すぐ犯人を逮捕できる。それどころか、犯罪を未然に防ぐことも可能である。このような状況では、犯罪は割に合わないことなので、警察官の仕事は変わった。つまり、管轄地域の見回りや実地による情報収集が重要なので、常々地域をまわっている。

情報革命で一番の功績は、犯罪がほとんどない社会になったことであろう。警察の仕事については、小学校でも学習するので、勉強熱心な三人組も沼田さんには何も聞こうとしない。それどころか、なるべく見たくないという風に朝ごはんを食べている。情報を管理しているのは、沼田さんではないし、個人情報を閲覧できるのは、沼田さんだけではないのに……。

●朝ごはんの法則11

豆腐は、のどの通りをよくする。

十二

今日は、朝から雨、もうすぐ梅雨になるようだ。今日のみそ汁は、里芋、白菜、わかめ、ネギ。めずらしく豆腐が入っていない。おかずは、スモークサーモンの薄切りに、にんじん、玉ねぎを酢漬けにしたもの。みんなおいしそうに食べている。

「今日は、お豆腐は入っていないのですね」

「昨日、祖母の話をしたら、祖母が好きだった里芋を思い出しました」

「この里芋はおいしいですね」

「赤芽です」

「よく煮えています」

「そうです。里芋をよく煮るために、出汁を多めにしました」

「おばあちゃんの味ですね」

今日三人組は、和菓子屋を経営している根本さんのそばに座っている。地元では老舗《しにせ》として知られ、桜餅にはファンがついている。実質的に根本さんは息子に経営を任せている。

「情報革命で、和菓子屋さんは、大きな変化がありましたか」

白石さんが尋ねた。

「私は、情報革命の前にクラウド・コンピュータの業務システムを使っていました」

「本当ですか」

確かに和菓子とクラウド・コンピュータの取り合わせは意外である。

「当時、スイーツといえば、洋菓子が中心でした。そこで、私は奇をてらった和菓子を作ったり、量産して利益を上げたりするより、業務管理にクラウド・コンピューターを使うことによって、経費を節約しようとしました」

「クラウド・コンピュータを使うことに抵抗はありませんでしたか」

「もちろんありました。顧客情報はもちろん、私たちの企業秘密ともいうべき材料の仕入れ先から餡と砂糖の割合、作業工程など店の情報のすべてを預けることになるのですから」

「それでも、使わざるを得なかったということですか」

「そうです。でも、やってみると、自分で経理をするより、簡単で、事務経費を減らすことができました」

「ということは、情報革命以降もあまり変化はなかったのですか」

「いいえ、情報革命以後は、より多くの大事な情報を教えてくれます。うちの和菓子に合う材料やお客さんの意見、天気など。天気によっても販売量が違うので、大いに参考になります。今考えると、私たちのような産業でも情報処理が仕事の半分なのです」

三人とも感心したように聞いている。情報処理の力は偉大である。何より、資本主義の過当競争、より多く売らねばならないといった観念から解放された。

「必要な物を必要なだけ」買う人ばかりになって、不必要な競争、情報強要（かつて広告とか宣伝とかいった）がなくなり、つまらないことに精力を使わなくてよくなった。

●朝ごはんの法則12
みそ汁に里芋を入れる時は、出汁を多めにする。

十三

今日も雨。それでも、「朝ごはんの店」に行く。

今日は、つみれと白菜、春菊のみそ汁とごはんにかつおぶしかけ放題。殿様が、香りのいいかつおぶしを好きなだけかけてくださいと言った。みそ汁にたくさん具が入っているので、みじめな感じはしない。つみれは、トビウオだそうだ。濃厚な味。

この頃、「朝ごはんの店」では、情報革命の勉強会が開かれているかのようだ。当然のことと思っていたことを改めて聞くと、新鮮だし、かつて勉強した時のことを思い出して、懐かしい。

今日の三人組は、石井さんの隣に座っている。鈴木さんが尋ねる。

「情報革命の時、小学校はどんなことが変わりましたか？」

少し緊張して、石井さんは話しだした。

「情報革命の十年くらい前、私が就職した時は、すでに子どもの情報をF市の教育委員会が集積し始めていました。初めは一斉テストの結果でした。その後、成績はもちろん、身体測定の結果、家庭環境や血液のデータまで集積されました。データの中には、本人も親も知らない遺伝子の情報も入っていました。

私は、個人の情報は個人のものだと思っていました。たとえ、悪用されなくても、だれかが自分のデータを持っている、いつでも見たり使ったりすることができると思うといやでした。そう、私たちの個人情報もF市の教育委員会に集積されました。そして、情報革命の時に、それらの情報がすべてクラウド政府に集約されたのです」

「情報革命が成功して、情報が正しく管理されている今の社会をどう思いますか」

「想像していたより、自由で明るい社会だと思います」

「そうです。今では、情報は正しく管理され、だれも個人情報を勝手に閲覧することはできません。プライバシーの保護は、情報革命以前とは比べものにならないほどで、今では、完全に守られているといっても過言ではありません。それに、監視社会といっても、表現の自由は認められていて、何を言っても咎《とが》められることはありません。中途半端に情報が管理されれば、個人の思想や言論を統制しなければなりませんが、完全な監視社会においては、個人の思想も信条も完全に自由が保障されます」

「それだけではなく、不必要な情報が過度に入らないというのもいいですね」

「商業主義の情報強要はなくなりました」

「中には、いかがわしい薬や健康食品で健康を損ねた人さえいましたから」

「もし、情報革命がなかったら、人類はどうなっていたと思いますか？」

「資本主義のグローバル化の中で貧富の差が大きくなり、世界中が混乱し、戦争が起きたでしょう。ひょっとすると人類は滅んでいたかもしれません」

「ということは、人類が生き残るために、情報革命が必要だったと思うのですが」

「でも、なんかだまされているような気がするのです」

「そんなことはないと思いますが」

「だまされているというより、操られているような気がするのです」

「どういうことですか?」

「アダム・スミスは、資本主義のシステムは神の手によって動くと説明しましたが、今の情報共産主義社会は、神そのものが君臨しているように思えます。一つの神の下《もと》に人類が操られているように私には思えるのです」

いつもの石井さんとは違う深刻な口調だった。三人の大学生も考えこんでいる。今まで正しいと思っていたものに疑問をなげかける人がいるので、とまどっているようだ。きっといい勉強になるだろう。

●朝ごはんの法則13
みそ汁にたくさん具が入っていると、おかずは少しでもいい。

十四

今日も雨。梅雨明けはもう少し先になりそうだ。今日「朝ごはんの店」に行くと、殿様がいなくて、別の青年が店をやっていた。だれもそのことには触れず、昨日と同じように朝ごはんを食べている。殿様はどうしたのだろう？　思い切って聞いてみた。

「今日からですか」

「はい、今日から私が『朝ごはんの店』の担当となりました。よろしくお願いします」

これでは私の知りたいことは何一つわからない。すると、天の助けとばかり石井さんが、

「昨日までいらした方は、どうなさったのですか？」

と聞いてくれた。

「彼は、任務を終えて、本部に帰りました。皆様によろしくとのことでした」

殿様がいなくなった。もう、朝ごはんを一緒に食べることはない。昨日までだって一緒に食べていたわけではないが……。今日の朝ごはんは、オムレツ、挽き肉と玉ねぎが入っている。みそ汁は、春菊、白菜、油揚げ、豆腐で、具だくさんの路線は変わっていない。味も昨日と同じみたい。でもなんとなく味気ない。なぜだろう。

朝ごはんを食べ終わって、雨の中、「朝ごはんの店」を出た。

「おはようございます」

懐かしい声がした。殿様だ。

「おはようございます」

反射的に声を出したが、後が続かない。自然に二人並んで歩く形になった。殿様は小さな四角い紙を私に渡した。二十世紀頃使われた名刺というものらしい。情報史の中で学習したが、実物を見るのは初めてだ。そこには、島津正彦という名前と住所が書いてあった。「個人情報は、本人が提供するまで詮索するべからず」という個人情報保護法二十三条を思い出した。

「私は、高橋郁子です。名刺を見たのは初めてです。朝ごはんおいしかったです」

何一つ気のきいたことが言えない。

「見ていたらわかります。おいしそうに食べていましたから」

それから、二人とも駅に向かって歩きながら話した。島津さんはおばあさんの話をした。F市の出身でよくF市の話を聞いたこと、時々本屋に連れていってくれたこと。そして、駅で別れた。別れ際に彼は言った。

「東京に来ることがあったら、家にお寄りください。朝ごはんを一緒に食べましょう」

●朝ごはんの法則14

朝ごはんは、毎日同じ人と食べたい。

終章

一週間後、私の報告に対する返書が来た。現在一番安全な連絡方法は、封書である。私たちの役所では、重要な文書はすべて郵送である。殿様もたぶん文書のほうが好きだと思う。

情報省　日常生活情報局　情報法則課
高橋郁子様

報告書、拝見しました。おもしろい報告でした。「自分の顔と対照的な顔に対する好み」や「歩き方と性格」などに勝るとも劣らないものです。
また、人物の雰囲気がわかるところが特に評価できます。個人情報がたくさん集積されても、それだけではその人を完全に理解することはできません。その人の持っている雰囲気、言葉遣い、着こなしなどすべての情報が集積されて初めてその人物がわかるのです。今回のあなたの報告は、情報の法則化だけでなく、人物の情報収集に多大な功績があります。

朝ごはんの法則については、特に「国民健康省　食育担当局」の島津正彦さんからお礼が届いています。これで、「朝ごはんの店」を全国展開できるとのことでした。

なお、今回の働きにより、情報省の情報大臣より、特別休暇が一週間与えられています。任地を離れてリフレッシュすることを願います。

追伸

あなたの好きな落語家古今亭東西の独演会「納涼落語江戸の夏」が、七月十四日東京末広亭であります。チケットが入手困難と聞きましたので、二枚手配しておきました。同封します。

情報省　日常生活局　情報法則課課長

美しい水戸黄門と私

はじめに

父の遺品を整理していたら、大学ノートが出てきた。それは、本棚左下の『ジャガイモの世界史』と中学数学の教科書の間にあった。

父は小学校の教師だった。

書かれた時期は、昭和の終わりから平成の初めの頃と思われる。

序章

私の、短くもなく、さりとて長くもない人生をふりかえってみると、テレビドラマ「水戸黄門（＊1）」抜きに語れない多くの歴史がある。そこで、ここにおいて「水戸黄門」の学問的考察を行いたいと思う。つまり、私が「水戸黄門」が好きだということを述べるのではなくて、むずかしい言葉を使って、まわりくどく、枝葉末節にこだわって、重箱のす

＊1　実在の人物。水戸光圀《みつくに》。副将軍でもあると同時に歴史家としても高名。『大日本史』を編纂。　＊2　たくさん注をつけ、少しでも知っていることもさほど知らないことも全部書く。　＊3　実在の人物。水戸藩士。佐々木助三郎。

みをつつき（＊2）、大事なことは二回くり返して述べるということである。

一　主題歌

今の主題歌になったのは、先代の水戸黄門役・東野英次郎の時からである。助さん（＊3）、格さん（＊4）役が交代で歌い、ヤマのところでユニゾンするのである。

誠に教訓に満ち満ちて、生きる勇気を与え、明日からがんばろうという気にさせる歌である。その歌を聴く度に私は、「人生楽ありゃ苦もあるさ」で、苦しかった人生もきっとこれから楽しいことがあるだろうと励まされ、「涙のあとには虹も出る」で虹を見る心がまえをし、「泣くのがいやならさあ歩け」ですわりこんだ子を叱咤《しった》激励した秋の鍛練遠足（＊5）を思い出すのである。

その教訓的な言葉の数々は、常に私の心の中にあり、色紙《しきし》（＊6）などに言葉を求められると、私は常に心をこめて、これらの言葉を書くことにしているのである。

また、助さん格さん役の、テクニックに流れない実直な歌い方もすばらしい。私は、テレビを見ながら、いつも歌の練習をしているのである。

＊4　格さん＝渥美格之進は架空の人物だが、モデルとなったのは水戸藩士・安積覚兵衛とされている。　＊5　子どもたちを鍛えるためにたくさん歩かせること。　＊6　いろがみに非ず。和歌、俳句、絵などを書くほぼ正方形の厚紙。

二　印籠《いんろう》の美しさについて

水戸黄門といえば何といっても、印籠（＊7）である。これはドラマの山場（＊8）で必ず出され、その紋所の美しさに見ている私も、思わず頭を下げたくなるほどである。（この大切な印籠は、劇中でも大写しになる時以外は使われず、とても大切にされている）

印籠（紋所）は正しい権力の象徴である。私はドラマ「水戸黄門」を見、印籠を見る度に、権力というものは本来的に正しく、地位（＊9）が高ければ高いほど権力の正しさの度合いも増す、ということに気づくのである。

地位の高さと権力の正しさは正比例の関係にあるという法則を私はここで発表したい。これは学問的な法則である。大切なことだからもう一度論じたい。

権力は正しい、もし正しくない時があるとすれば、それは身分（＊10）の低い者が分不相応な権力を濫用《らんよう》している時である。しかし、そんな時でも、身分の高い人（高ければ高いほどよい。もし許されるものならば頂点である天皇陛下の足下に近いほどに高ければ）の正しい権力によって、必ずや、その権力も正しくなるのである。

＊7　本来印鑑を入れるものであったが、江戸時代には旅の時、薬などを入れておいた。ここでいうのは印籠についている葵《あおい》（徳川家）の紋所のこと。　＊8　午後八時四十三分から八時四十七分。

（公式） 1
地位の高さと権力の正しさは正比例の関係にある。

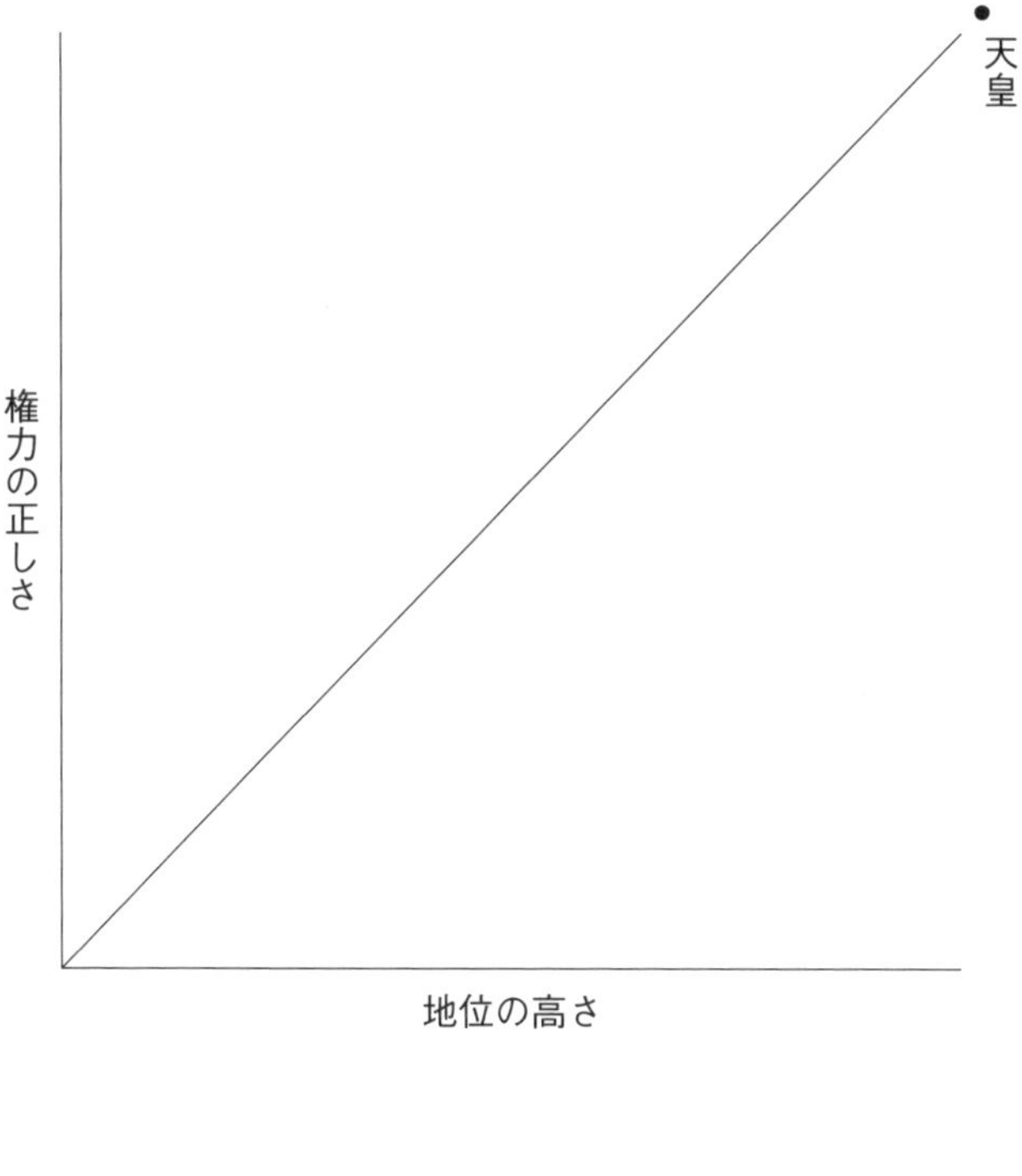

＊9　社会的地位の実態ははっきりしない。とにかくみんなが地位が高いと認めれば高いことになる。
＊10　地位の古い言い方。

三　天皇陛下と印籠の相似点について

私は、畏《おそ》れ多くもここにおいて、天皇陛下と印籠を同列に論じようとしているのではない。ただ、天皇陛下と印籠はその美しさにおいて同質だと言いたいのである。

つまり、印籠は権力の正しさの象徴（＊11）である。憲法には、天皇は国民の象徴などと書いてあるが、とんでもないことである。天皇陛下ともあろうお方が、平民などの象徴であるはずがない。憲法はお題目を並べてあるだけで本当のことなど何も書いてないのである（疑う者は第九条を見よ）。天皇陛下は、日本という国の象徴であり権力の正しさの象徴なのである。

だから、天皇陛下に対する戦争責任の追及はナンセンスである。国歌・日の丸を変えようとすることも。

日本の歴史の中で常に天皇は権力の正しさの証明をしてきたのであり、これからも役目は、変わることはないのである。

だからこそ、天皇陛下は、平民と同じように○○家代々の墓などというものに、お入りになることはないのである。九十億円かかろうが、百億円かかろうが大喪の礼（＊12）を

＊11　しるし。
＊12　天皇陛下のお葬式。大層お金がかかる。

行うべきである。人間は決して平等ではないのである。人は自分の分をよくわきまえその場にふさわしい品位ある態度をとるべきである。

(付記)

人間には二種類ある。権力の正しさを認識し得る人間と、認識し得ない人間である。前者は、礼儀正しく、常識的で品があり、常に全体の調和を考えている人間である。後者は、礼儀知らずで非常識で、反抗的で自分のことしか考えない人間である。このような人間は決して矯正《きょうせい》されることはない（バカにつける薬はない）。だからこそ法律（＊13）等を出して命令をしなければならないのである。

後者の中には、声高に先の戦争の失敗をひいて、個人の責任や良心について論じる者がいる。しかし、まちがっている。人には、その場に応じた、気品ある態度が求められる。その場の雰囲気にそぐわない態度は、品のある人間にふさわしくない。同様に、人の責任は、時代や場所柄に応じて変わるものである。時代、場所、その人の立場にあった責任があるのである。責任は分相応なもので、その人の器量以上のものを問われることはないのである。その責任を果たして（＊14）いる限りはだれも文句を言われることはない。たとえそれが悪い結果になろうと個人の責任を問われることはない。

＊13　学習指導要領。いずれ、国旗と国歌についての法律ができるであろう。
＊14　その場の雰囲気にふさわしい態度をとること。

良心も然《しか》り。良心もその時代、その場に合った良心が必要である。時代遅れの良心などは役に立たないどころか、有害ですらある。人は常にファッション（＊15）の流行を見るように、時代の流れを見、時代の流れに合うように良心を裁断（＊16）するべきである。

四　キャラクターの単純化と役割の固定化から受ける教訓

ドラマ「水戸黄門」では、登場人物のキャラクターはとても単純化されている。それは、テレビドラマをとてもわかりやすくしているだけでなく、人間の性格を類型化するのに役立っている。

さらに、登場人物の役割、あるいは行動は、ほぼ固定化している。食い意地がはっている奴は、四六時中食べもののことを言い、食べすぎドジを踏んで皆から笑われる役をする。女にもてる奴は女にもて、考える奴は常に考え、とりなす奴は常にとりなす……。この人々の姿を見る時、私は大いなる教訓を受けるのである。

つまり人は一生同じ役割を演じ続け、そして、人の身分は一生変わらないということである。そして、人が分に応じて生きるということが最も大切だということに気づくのである。

＊15　ファッショに非ず。
＊16「時代に合わせて良心を裁断することはできません」とは、後者の代表リリアン・ヘルマンの言葉（アメリカ、劇作家）。きっと前日流行の服を裁断しそこなったのであろう。

今、贈収賄事件で世間を騒がせているR社のE氏にしても自分の分に応じていれば、何も問題はなかった。問題なのはE氏の生き方（＊17）なのであって、もらった方々や政治のあり方が悪かったわけではない。常に権力は正しい。分不相応な権力をふるおうとすることだけが問題なのである。

五　印籠を見る時の安心感と日本の心

テレビドラマ「水戸黄門」のクライマックスで印籠が大写しになると、私は思わずにっこりする。それは決して、あわてて頭を下げる人々を笑ったり、「ここにおわすお方をどなたと心得る。先の副将軍水戸光圀公にあらせられるぞ」という格之進、助三郎の口調をおかしがっているのではない。

それは大いなる安心感である。

私が正しい権力に守られているという安心感、そして正しい権力に貢献しているという満足感である。

印籠は今、日の丸と君が代にあたる。日の丸と君が代が先の戦争で利用されたからいけないという輩《やから》がいるが、戦争が悪かったのではなく、戦争に負けたことが悪かったのであ

＊17　分不相応な役職につこうとすること。

る。日本が勝っていればニューヨーク裁判（＊18）で、米英の戦争指導者の責任を追及できたのだ。どちらにしろ、日の丸が戦争を起こしたわけでもないし、君が代が人を殺したわけでもない。

日の丸、君が代は正しい権力の象徴なのである。それに触れることによって私たちの心の中には、正しい権力に対する畏敬《いけい》の念、正しい権力に守られているという安心感、正しい権力に貢献しようという意思などのよいものが、こんこんとわいてくるのである。それは、日本の心である。

その心によって日本という国はどんどんよくなるのである。日の丸、君が代に触れる度にわきあがってくるよいものは、すべて日本の心である。

日本の心は、あの日の丸、君が代によって喚起されるのであるから、あのすばらしい日の丸、君が代を、絶対に変えるべきではないのである。あの美しき日本の心、正しい権力の象徴を。

六　斬られるものの美学――潔さについて

ドラマ「水戸黄門」の中で悪党の部下だった者は、水戸黄門の印籠を見たあとも斬れと

＊18　終戦後にするはずだった検事、弁護士、裁判官すべての日本軍人の裁判。

命ぜられると、命に従って水戸黄門に向かっていき、斬られるのである。

水戸黄門ほど位の高い人に刃向かうことは正しくない。しかし、上の者の命に従い初志を貫く姿は誠に美しい。自分の分を果たした一生はすばらしい。彼はりっぱに責務を全うしたのである。彼に欠けていたものがあるとすれば上役である。

彼は悪党として死ぬのではない。自分の分に応じて仕事をし、責任を果たした美しい人間として死ぬ。

その美しさは、靖国神社にまつられている英霊と、なんと似ていることだろうか。戦後、先の戦争について、とやかく言われることが多いが、靖国神社にねむる英霊は美しい。その美しさは、初志を貫き、分を果たした者だけがもつ美しさなのだ。

七　印籠という手続き あるいは身分の高さと判断の正しさの正比例の関係

ドラマ「水戸黄門」では、印籠によって正式な（法的な）手続きをしないで悪党どもを裁いている。それは正しいのだろうか。

一般的には否である。しかし、この場合に限っていえば正しいのである。このことを証

（公式）２
判断力の正しさと地位の高さは正比例の関係にある。

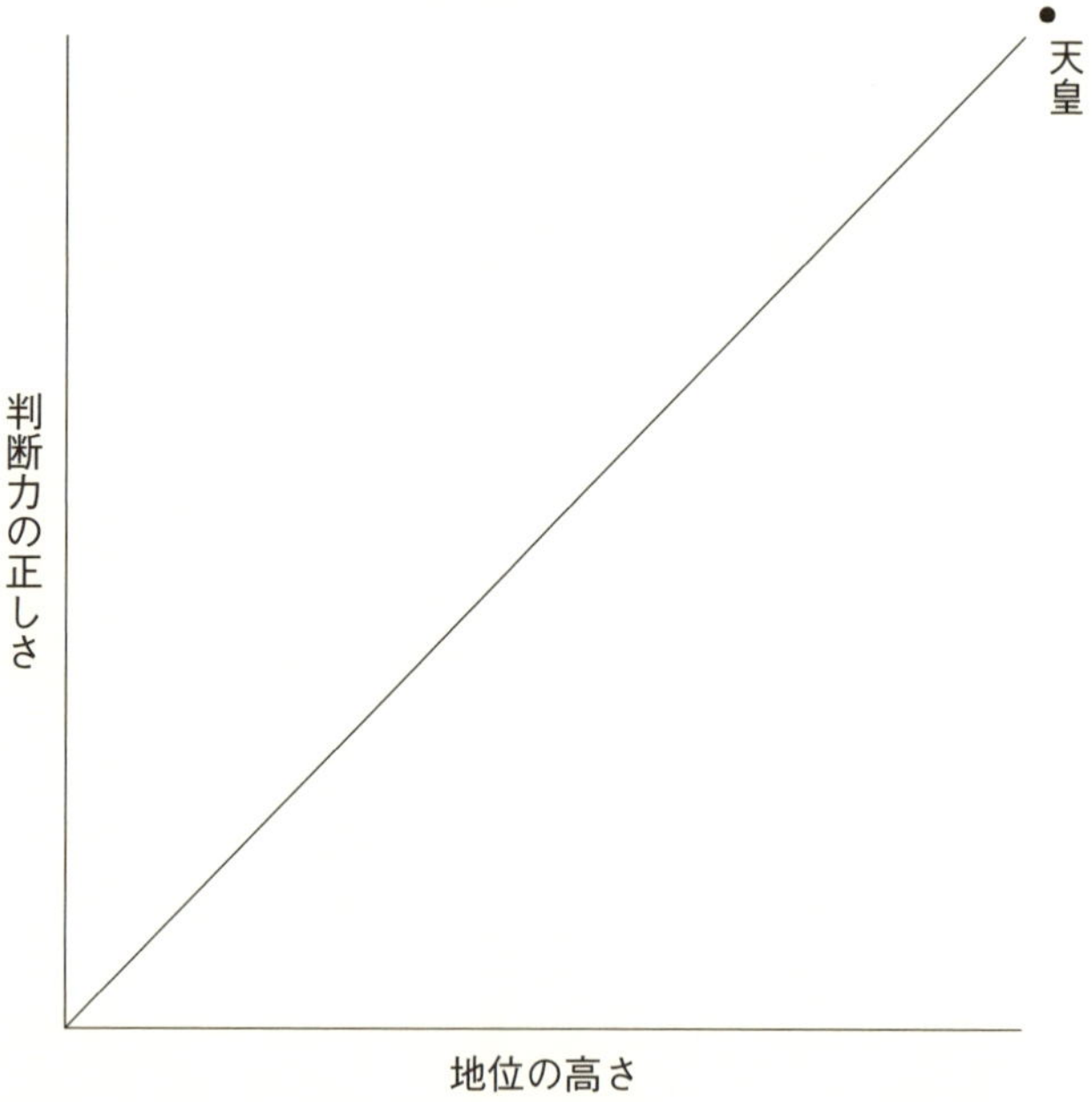

明するために、私は新たな法則を発表したいと思う。それは、身分の高さと判断の正しさは正比例するという法則である。これは地位が高ければ高いほどよく見える（視野も広く判断力もある）という意味で、ピラミッドの法則と名づけたい。

地位、身分が高いほど、判断は正しいのである。だからこそ地位、身分が高い人ほど重要な判断を任せられるのである。

ドラマ「水戸黄門」で掲げられる印籠は、当時日本で三番目くらいに身分が高い水戸のご老公のシンボルで、権力が正しく、判断力が正しいことを証明しているのである。だからこそ水戸黄門は、もっと位が低く権力も判断力もそれほど正しくない者がふむべき手続きを、ふむ必要はないのである。

八　中間管理職の悲哀と印籠

現代ほど中間管理職がかわいそうな時代はない。上司と部下から言いたいことを言われ、自分の思っていることは言えず、それでも、人間関係をよく保とうと努力する姿は涙なしに見ることはできない。

いつから日本という国は、秩序を見失い、思いやりをなくしてしまったのだろうか。この頃、日本人は勘違いしている。仕事は、ある個人が個人の責任においてしなければならないと思っている。それはまちがいである。仕事とは組織のなすチームワークである。もちろん、個人に仕事は分担され、個人はその責任を果たさなければならない。しかし、それはあくまでも、便宜《べんぎ》上個人に分担されただけでもともとは組織のものなのである。

だから私たちにとって大切なことは、常にチームワークを頭において仕事をすることであり、個人のわがままな主張、好みなどを声高にいうべきではなく、分（役割）に応じその場に応じた気品ある態度をとることである。そしてお互いの立場をよく理解し、思いやりをもって、接するべきなのであって、責任の追及などをすべきではないのである。

大事なもの（そして今私たちが一番必要なもの）は印籠がもたらすような秩序なのである。秩序を常に保てば、ある個人が仕事のことで悩んだり、責任を感じたりすることはなく（言われたことをしないのは論外）、にこやかに仕事ができるのである。

九　ドラマ「水戸黄門」における啓蒙性について

ドラマ「水戸黄門」の最も優れている点は、その啓蒙《けいもう》性にある。その美しい勧善懲悪のドラマを見る時、人は心の中に正義感を育て、道徳的人間であろうとする心情、意志を育てるのである。
　およそ、ドラマにおいてもあらゆる芸術作品と同様に、一番大切なものは道徳性である。人の踏むべき道を踏むことを教えるのがそれらの役目である。道徳性に欠けた作品は、どんな美しい言葉を使おうと、美しいメロディーをかなでようと、作品としてすばらしいものとは決して言えない。たとえ言葉やメロディーがそれほどでなくても、道徳性の高いものほどすばらしい作品である。
　ビールを飲みながら、火事を見て歌うなどという非道徳的な小説や少女マンガを小説にしたようなものが売れるようでは、日本人の道徳性も疑わしいと思っていた。しかし、先日、視聴率を見て、やはり日本人の道徳性はすばらしいと思った。なぜなら、ドラマ「水戸黄門」の視聴率はトップであり、週一回、日本人の道徳の時間といえるものだからである。もちろん「水戸黄門」を見ていない人もいる。しかし、他の刑事ものやドラマによっても道徳性は養われているのである。悪いことをした人は、必ずおまわりさんにつかまるか死に至るドラマによって。（だからテレビは人がつかまらないニュースなど流すべきではない）
　しかし、どのドラマもニュースもドキュメントも、決して「水戸黄門」にはかなわない。それほど「水戸黄門」は、道徳性が高く必ず正義が勝つのである。

十　水戸黄門の虚像と実像

水戸黄門は世直しの旅には出なかった。だからドラマ「水戸黄門」はフィクションである。ではあの美しい姿は虚像であろうか。そうであってほしくない。いえ決して虚像ではない。

水戸黄門は助さん格さんをつれて旅に出た。そして荒れ果てた楠木正成《くすのきまさしげ》のお墓を見て嘆き、新しくお墓をたて、楠木正成をまつったのである。この美しい姿は正にドラマ「水戸黄門」の正義を愛し秩序を重んじ、印籠を大切にする水戸黄門の姿そのものである。

なぜなら楠木正成は天皇をお守りし、天皇のために死んだ武士らしい武士であり、日本人らしい日本人である。その人を大切にすることは、天皇を敬愛することであり、ひいては正しい権力を、そしてその象徴である印籠を大切にすることに通じる。

さらに水戸黄門は学者でもあって『大日本史』を編纂《へんさん》している。その精神は正に、天皇を中心に国を治め、正しい権力を育てようとするものである。

だからドラマはフィクションであってもあの美しい水戸黄門の姿は真実の姿といってもよく、ドラマは結局のところ水戸黄門の姿を私たちに教えているのである。

十一　終章にかえて――スポンサー日本松下電器のすばらしさ

ドラマ「水戸黄門」のスポンサーはずっと、日本松下電器（＊19）である。日本松下電器は偶然にドラマ「水戸黄門」のスポンサーになったのではない。そのドラマの高い道徳性、そして水戸黄門の尊い考えに感動してスポンサーになったのである。

松下幸之助（＊20）氏は経営者としてのみ優れているのではない。道徳性において、誠に優れた人である。自分の会社のみならず、日本全体のことを常に考える姿は、道徳の教科書に載せる人にふさわしい（＊21）。その精神は雑誌「ＰＨＰ」に見ることができる。しかし私が一番感動したのは、天皇陛下の崩御の際のＣＭである。すでに自粛（＊22）期間が（一応）すぎているにも拘《かか》わらずＣＭを流さず、その間、印籠を大写しにし、「水戸黄門」の主題歌（歌なし）を流した。これほど心のこもった、厳粛な画面を私は見たことがない。そしてこれこそが天皇を愛し、秩序を愛し、正しい権力を愛し、日本を愛したことになるのだと思った。

日頃から心がけていないとできないことである。日本松下電器のＣＭは道徳性が高い。儲けるために売るのではなく、人の役に立てるように売る。

＊19　松下幸之助の興した会社。　＊20　民間人として初の正三位勲一等旭日桐花大綬章をもらった、すばらしい人。　＊21　貧しい少年時代を送って、後年大金持ちになったからではない。　＊22　人と同じことをすること。

十二　ほんとうの終章、正しい権力——天皇・伝統・秩序の重大さ

私は新たに尊敬する人を一人見出した。その人の名は西部邁《にしべすすむ》。彼こそ、正真正銘の正しい権力の守り手と言うべきである。

彼は次のように述べている（＊23）。「私は主権、つまり無制限な権力ということについて疑問を持ってきた。知的にも道徳的にも不完全な私たちに無制限な権力が与えられれば、衆愚政治に陥るのは明らかだ。そこで私は憲法一条の『国民』とは現在生きている我々だけでなく、長い歴史上の総国民と考えるのが妥当だと思い至った。『国民の総意』とは、日本の伝統的精神の中核、知恵だと解釈したらよいのではないか」（傍点筆者）

彼はここにおいて非常に重大なることを二つ述べている。

一つは主権在民の主権とは無制限ではなく、伝統によって制約されること、もう一つは、その伝統は天皇によって受け継がれていることである。

伝統という言い方は抽象的であるが、これは、日本の心（＊24）といえばわかりやすいであろう。

私たちは自分の頭で考える時、物事を客観的に見て、公平に判断することができるであ

＊23　「日本を守る国民会議」での発言（平成元年５／２の朝日新聞による）。

＊24　五の項（P121～122）参照。

ろうか。答えは否である。

どんなに真剣に考えようと、そこに個人の偏見、好み、わがままが入ってしまうのは否めないことである。週一回道徳の時間をとって、正義を行おうとする心情を持っていてもである。個々の考えを出し合う時、結局、わがままが入りみだれ、多数決という数の論理がまかり通り、無秩序となるのである。それを西部氏は衆愚政治と批判する。

では、どうすればよいか。伝統によって補い、秩序を保つのである。つまり、自分で考えて正しいという結論に達しても、意見として発言してはならない。日本の伝統に合い、場の雰囲気、自分の立場に合うかどうかを考えるべきであり、他人の立場を考え、思いやりをもって考えるべきである。以上のことに合うものだけが真に正しいものであり、そうすることによって秩序が保たれ美しい国家が実現するのである。

そしてそれは、伝統を受け継いでくださっている天皇陛下のおかげであり、正しい権力を守り育ててこられた天皇陛下のおかげなのである。

天皇陛下ばんざい！

ノートの最後のページには、平成天皇が即位後「お言葉」を述べられた時の新聞記事が貼ってあった。平成元年五月二日（火曜日）。

そして歌も一首。

畏れ多くも天皇陛下のお立場に立ちて詠む。

かくまでに　待ちいこがれし　我が御幸
ビデオで見らん　みなが旗ふる

旧人類はなぜ滅亡したか？

一　月曜日　戦争説

有田　会場にお集まりの皆さん、こんばんは。「クローズアップ問題」の時間です。今週は皆さんからご希望の多かった旧人類をとりあげます。旧人類は、凶暴で残忍な人類だった。だから、戦争によって滅亡したのだ、というのが、定説になっていました。しかし、近年、旧人類の言語が解読され、遺跡の発掘調査が進むにつれて、旧人類は、高い知性を持ち、しかも、心やさしい人々であったということがわかってきました。

そこで、旧人類が滅亡した原因について、今、様々な説が立てられています。

今回の「クローズアップ問題」では、戦争説を含めて、四回シリーズで、旧人類が滅亡した原因について、お伝えします。

本日は、戦争説のカルタ博士をゲストにお迎えしています。

カルタ博士、旧人類の知性は、どの程度あったことがわかっていますか？

カルタ　我々新人類と同程度、分野によっては、我々新人類より高いレベルの発見や発明をしている。

有田　どのような分野が優れているのですか？

カルタ　まず、自然科学の分野。例えば、宇宙の成り立ちや天体の動きの法則、あるいは、地球上のあらゆる生物、目に見えないものから、非常に大きいものまで、実に詳しく特性を調べ、分類している。まったくもってすばらしい。中には、論文を解読できても、意味がわからないものもある。おそらく旧人類のほうが、はるかに科学については、進んでいたと考えられる。

有田　数学や物理の分野もですか？

カルタ　そう。進んでいた。私の友人、数学者のアンドレなどは、つい最近証明した定理が、すでに古文書の中できれいに証明されているのを見て、ショックのあまり寝こんでしまった。

有田　旧人類の技術は、もっと優れているという話ですが。

カルタ　そう、想像を絶するほどに。初めて古文書が解読された時は、空想の産物、つまり、物語ではないかと考えられたが、今では、いくつかの言語が解読され、しかも、相互に合理性があり、つじつまが合っているので、事実だと確定している。

有田　旧人類の技術では、どんなことができたのでしょう？

カルタ　旧人類は、月に人を送り、実際に歩いたようだ。他にも、一日で地球の裏側に移動したり、一瞬のうちにほしい情報を手に入れたりすることができた。

有田　本当に夢物語のようです。月や地球の裏側に行く時は、何かに乗って、物理的に移動するのだと想像がつくのですが、情報は、どうやって手に入れたのですか?
カルタ　まだメカニズムはよくわかっていないが、情報を数学的な方法で暗号化して、空を飛ばしたようだ。
有田　私には、伝書バトが紙をくわえて、飛んでいるイメージしかわかないのですが。
カルタ　大きな違いはない。違うのは、双方向に一瞬にしてできたことと、電子機器を使ったことだ。
有田　滅亡時、旧人類は、情報の多くを電子機器に集積していたようですが、すべて失われてしまったのですよね?
カルタ　そうだ。だから、紙情報をもとにして、旧人類についての研究をしている。特に、学者でも、役人でもない普通の人たちの残した紙情報が、人々の生活を知る手がかりとなる。
有田　そこから、旧人類がやさしい心の持ち主であることがわかったのですね。
カルタ　旧人類は、記録することが好きだった。何の目的もなく、日々の出来事を書いていた。そこには、家族、友人、恋人に対する愛情や思いやりに満ちた文章がたくさん並んでいた。そして、見ず知らずの人に対しても、やさしい心づかいができた。駅で、老人に対してさり気なくみんなが手助けしています。荷物を持ったり、席をゆずったり、一緒に乗り物に乗ったりと。

有田　旧人類は、家族、知人はもちろん、知らない人に対しても、やさしい心づかいができたのですね。つまり旧人類は、高い知性とやさしい心の持ち主でした。それなのに、なぜ、旧人類は、戦争によって滅亡したとお考えですか？

カルタ　まず知性だが、確かに旧人類は、高い知性を持っていた。そして、その知性は、戦争のために使われた。高度な数学や物理の研究をもとに、恐ろしい兵器を作った。一瞬にして、何万人もの人を殺せるほどの。

有田　それを旧人類は使ったのですか？

カルタ　実際に都市の上で爆発させた。そして、さらに科学者は研究を重ね、もっと威力のあるものを作り、全人類を滅亡させるだけの量の兵器を持つようになった。

有田　恐ろしいことです。どうしてそのようなことに、知性を使ってしまったのでしょう？　本当の知性があれば、あるいは、少し想像力があれば、そんなものは作らなかったでしょうに。

カルタ　そうだ。旧人類の知性は、科学技術に偏っていた。そして、何かを作る度に「正しい使い方をすれば、いい」と言っていた。兵器の正しい使い方などないと考えるのだが。

有田　でも、旧人類は、心やさしい人たちでしたよね。そのような状況に心痛めたのではありませんか？

カルタ　旧人類は、一人一人は心やさしくても、集団になると、排他的になる傾向があった。特に、国、人種、同じ宗教や思想などの集団になると、一層その傾向が強くなって、時として、凶暴な行為をしてしまうのだ。

有田　旧人類は、高い知性を持っていながら、自分とは違う国や違う考えを持った人のことを理解できなかったのですか？

カルタ　そのようだ。だから私は、旧人類が高い知性を持っていたという説には、無条件には賛成しない。なぜなら、高度な科学や技術を適正に、つまり人類の幸福のために使えない。それどころか、どんどん危険な兵器を作り、最後には、それらによって自らを滅ぼしてしまった。とても、高い知性を持っているとは、考えられない。しかも、自分とは違う考え方を理解できない、国や宗教が違うからといって戦争になる、本当に知性があれば、そのようなことにはならないはずだ。

有田　すばらしい科学・技術は、戦争のために使われ、やさしい心は、仲間うちにしか向かなかったのですね。

カルタ博士は、旧人類の知性について、問題があるとお考えのようです。科学や技術を正しく使えない、自分とは違う人を理解できない、この二点が私たち新人類と大きく違うところではないでしょうか。

明日は、旧人類は、政治劣化により滅んだとの学説をとなえている清明博士をお迎えします。

二　火曜日　政治劣化説

有田　皆さん、こんばんは。「クローズアップ問題――旧人類はなぜ滅亡したか」の二日目です。本日は、滅亡の原因は、政治劣化にあるという説をとなえている、清明博士をゲストにお迎えしました。博士、よろしくお願いします。

清明　えー、私も、カルタ博士と同じように滅亡の直接の原因は、戦争であったと考えます。しかし、戦争を始めたこと、あるいは、止めることができなかった原因は、政治劣化であると、考えています。

有田　旧人類は、滅亡時、どのような政治システムでしたか？

清明　えーとですね。当時は、民主主義というシステムでした。簡単に言えば、多数決で決めるのです。

有田　多数決――論理的に話し合わないのですか？

清明　いや、決して、話し合いをしないわけではないのです。初めに話し合いをして、そのあと、多数決をするのです。

有田　でも、数が多いほうの意見になるのですね。旧人類は、論理的思考ができなかったのですか？

清明　論理的思考はできました。能力はあったと考えます。ただですね、旧人類にとっては、論理的に思考できるということと、常に何者にもとらわれず、公平に思考することとは、別のことだったのです。

有田　どういうことでしょう？

清明　旧人類は、論理的に思考することはできても、いろいろなものを論理より優先しました。例えば、自分の損得、お金、勝ち負け、慣習など。そのために、時には故意に、時には無意識に、論理的でないことを言うのです。

有田　にわかには信じられません。哲学者はいなかったのですか？

清明　いることはいたのですが、あくまで学者として存在していただけで、旧人類にとっては、政治と哲学、つまり論理的思考とは、まったく別のものでした。哲学とは、現実離れしたものと考えられていて、哲学者は政治にほとんど関与しませんでした。そして、政治的判断とは、論理ではなく、力ずくで、つまり、お金と権力によって解決することでした。

有田 それでは、民主主義とはいえませんね。

清明 ですから、旧人類なりに考えて、行政権、司法権、立法権を独立させる三権分立のシステムを作りました。

有田 そのシステムは、うまく機能したのですか？

清明 社会が安定している時は、それなりにうまくいっていました。しかし、経済不安やテロなどによって社会が不安定になると、行政権が強くなりました。行政のトップが、自分の考えに合うように法律を作り変えたり、気に入らない司法官をやめさせたり、内部告発をした役人のスキャンダルを集めさせたりと、まあ、どの国もひどいものでした。国民の情報をすべて監視し、政府に反対する国民を警察の管理下に置き、私生活もすべて見張らせていました。

有田 まるで独裁者ですね。

清明 まあその通りなのですが、本人は、民主的な方法で選ばれて、しかも支持率も高いので、独裁者ではないと言っていました。三権分立の意味がよくわかっていないので、そんなことが平気で言えるのです。

有田　なぜ、そのような指導者が支持されるのですか？

清明　旧人類は不安になると、強い者、自分たちをほめてくれる人に頼ろうとするのです。えー、経済的にめぐまれていなくて、自分に誇るべきものを持っていない人は、「我が国はすばらしい。我が国こそが一番、これから経済はよくなる」と言われると、その気になって信じてしまうのです。

有田　全然論理的でない考えでも、ですか？

清明　旧人類は、もともと、論理より、経済や勝ち負けなどを優先しましたが、不安や怒りがあると、一層、その傾向が強くなりました。そして、ほとんど思考停止の状態に陥って強い指導者の言いなりになってしまったのです。

有田　高い知性を持っていて、論理的思考ができるはずの旧人類が、どうしてそうなってしまうのでしょう。

清明　うーん、旧人類は、論理的思考ができる能力を持っていたが、適正に使わなかった、いや、使えなかったのだと、私は考えます。その原因は、わかりませんが、旧人類の滅亡時の特別な状況があったのかもしれません。

有田　そうですか。滅亡時、旧人類は困難な状況にあったのですね。では、明日、滅亡時の特別な状況について、ロダン博士をゲストにお迎えしてお話を伺います。

三　水曜日　思考停止説

有田　皆さん、こんばんは。「クローズアップ問題――旧人類はなぜ滅亡したか」の三日目です。旧人類は滅亡時には思考停止に陥ったと、ロダン博士はお考えですが、それがどのように滅亡につながったとお考えですか？

ロダン　端的にいえば、思考停止のために、旧人類は論理的思考ができなくなった。そして、独裁者や能力のない政治家を選んでしまったために、戦争になり滅亡した、と考えます。

有田　何が原因で、旧人類は思考停止に陥ったのでしょう？

ロダン　もともと旧人類は、不安や怒りを感じている時は、論理的思考ができなかったり、排他的になったりする傾向がありました。しかし、滅亡時には、情報が多すぎて、個人の情報処理能力を超えてしまったために、思考停止に陥ったと考えます。

有田　旧人類は情報をどのようにして集めていたのですか？

ロダン　いろいろな情報機器がありましたが、一般的なものは、文庫本くらいのサイズのものを使って、情報を集めていました。

有田　旧人類はどんな情報を集めていたのですか？

ロダン　行きたい町の地図や、食堂や店についての情報。他には、自分の好みに合う本や服装、料理の作り方についての情報です。

有田　便利ですね。

ロダン　他には、知らない人の朝ごはんや日常生活などです。

有田　それは、何かの役に立つのですか？

ロダン　参考になるかもしれませんが、役に立つとは限りません。そもそも旧人類は目的もなく情報を集めることが好きなのです。例えば、洗濯機のおもしろい動きやペットのかわいいしぐさなどを世界中の人が見ていました。

有田　政治や経済のニュースなどは見ないのですか？

ロダン　もちろん見ます。政治家の個人的な発言、映像つきのニュース、ニュースについての用語や解説も見ることができました。

有田　では、旧人類は、電子機器を使いこなすことによって、正確な情報が得られ、正しい判断ができるようになったのではありませんか？

ロダン　残念ながらそうはなりませんでした。なぜなら、旧人類は、必要な情報を適正に集めることができなかったからです。

有田　どうしてですか？

ロダン　まず、第一の原因と考えられるのは、情報過多です。当時、非常にたくさんの情報があふれていました。地球の裏側の知らない人の朝食やペットの動きなど、知ろうと思えばなんでも知ることができたのです。

第二の原因は、情報の中には、いい加減な噂や憶測、うそ、故意に政治を混乱させるためのデマまでありました。

有田　正しい情報かどうかを見分けることはできなかったのですか？

ロダン　注意深く出所を調べれば、見分けることはできたでしょうが、むずかしかったでしょう。

有田　どうしてですか？

ロダン　当時あふれていた情報が、個人の処理能力を超えていたからです。

有田　何も、すべての情報を見ることはないと思います。必要な情報だけを選べばいいのではありませんか？

ロダン　それこそが第三の原因なのです。旧人類は、必要な情報だけを集めることが、苦手だったのです。

有田　どういうことですか？

ロダン　旧人類は、ある目的を持って情報を集めているうちに、情報を集めること自体が目的になってしまうのです。一つのことを知ると、それに関連したことも知りたくなる。知り合いのことも、知らない人のことも知りたい。そして、知ったことを人に教えたいという特性を持っています。そうやって限りなく情報を集めては、発信するのです。その時に旧人類は、その情報が正しいかどうか、役に立つかどうかについては、もう考えていないのです。

有田　だから、役に立たない情報も、正しくない情報も……もちろん場合によっては役に立つ情報も、正確な情報も、たくさんあふれていたのですね。

ロダン　私は、役にも立たない、あるいは、うその情報をクズ情報と呼んでいますが、とにかく、そうやって、旧人類は、情報の海におぼれて、思考停止に陥ってしまったと、私は考えます。

有田　恐ろしいことです。しかし、思考停止に陥った原因は、情報過多だけだったのでしょうか。それについては、明日、カント博士をゲストにお迎えして、お話を伺います。

四　木曜日　好奇心という病説

有田　皆さんこんばんは。「クローズアップ問題——旧人類はなぜ滅亡したか」の四日目です。旧人類が思考停止に陥った原因は、情報過多だけではないと、カント博士はお考えですが、他に何が原因だったのでしょう。

カント　旧人類は病気にかかっておったと考えておる。

有田　何という病気ですか。

カント　好奇心という病じゃ。

有田　どんな症状なのですか。

カント　自分の興味のあることについて、限りなく情報を集めてしまうのじゃ。

有田　どんなことについてですか。

カント　例えば、本、音楽、ゲーム、石、植物、動物……等、対象は、何でもありじゃ。他には、お金に執着したり、何の役にも立たんラベルやふたなどを集めるコレクターというのもおった。

有田　どうしてそれが問題なのですか。

カント　際限がないからじゃ。この病にかかると、集めることだけが目的になる。そして、本棚が地震で倒れて圧死しようが、ゲームをしながら歩いてドブに落ちようが、家中物だらけになって、寝るところがなくなろうが、本人はまったく頓着せん。なんとかに囲まれて幸せと思っとる。たとえ、まともな社会生活ができなくて、時には死んでしまうことがあったとしても。

有田　この病気で、死んでしまうことがあるのですか。

カント　そう、死に至る恐ろしい病じゃ。知りたい、見たい、行ってみたいという症状が強くなると、わざわざ危険な山や極地、深海などに行って命を落とすのじゃ。旧人類は、冒険家などと呼んで、尊敬しておったみたいじゃが。

有田　他には、どんな職業の人たちが、病気にかかっていたのですか。

カント　特に重症なのは、科学者、発明家、芸術家、スポーツ選手じゃ。

有田　その人たちは、旧人類の進歩のために尽くしたのではありませんか。

カント　その通り。旧人類は進歩した。

有田　そうです。科学者の発見、発明家の発明は、旧人類を進歩させました。

カント　その結果、旧人類は幸福になったか。

有田　快適で、便利な生活をしていました。

カント　それが幸福といえるか。旧人類は、確かに便利なものを作ったが、同時に高い知性を使って恐ろしい兵器を作った。実際に使ってみたうえに、もっと威力の強いものを作り続け、その結果、旧人類は滅亡した。

有田　どうして知性をそのような恐ろしいことに使ってしまうのですか。

カント　それが好奇心という病のなせるわざじゃ。つまり、科学者は、心も脳も、情報欲に乗っ取られる。悪魔に魂を売ったようなもんじゃ。その結果、それが人類のためになるか、幸福につながるかを考えることができなくなって、情報欲のおもむくままに、物を作ったり、使ったりするんじゃ。

有田　芸術家も、スポーツ選手でもですか。

カント　そうじゃ。科学者と同じように、好奇心という病にかかって、自分の意思ではなく、情報欲にふり回されとるだけじゃ。だから、芸術家は、時には戦争を讃美し、時にはわけのわからん作品を作る。スポーツ選手は、記録という情報欲にとりつかれ、時には体をこわしてしまう。

有田　つまり、好奇心という病にかかると、情報欲に心と脳を乗っ取られて、自分の頭で考えたり、自分の意思で行動したりすることができなくなるのですね。そして、情報欲のおもむくまま、情報を集め、物を作ったりする。その結果がどうなるかを考えずに。

カント　そうじゃ。

有田　でも、病気にかかっていない人も、いたのではありませんか？

カント　わしが見たところ、つまり、残っている古文書を解読したところ、全員病気にかかっておる。だから、論理的思考はできるのに、平気で、経済や損得を優先する。高い知性を持っているのに、自分とは違う思想や宗教を持った人を理解できない。やさしい心を持っているのに、集団になると、残酷なことをする。情報を無分別に際限なく集める。これらはすべて、情報欲に脳と心を乗っ取られた結果じゃ。最後には、情報量が個人の処理能力を超えて、思考停止に陥ったがの。

有田　病気を治す手だてはなかったのでしょうか？

カント　それ以前に、病気だという自覚がなかったのじゃろう。全員が同じ病気にかかっていたのじゃから。かわいそうに。

有田　旧人類は、自分たちのことをホモ・サピエンス、つまり賢い人たちと呼んでいました。事実、高い知性とやさしい心を持った人たちでした。本来ならば、もっと幸福になれるはずでした。それなのに、「好奇心という病」のために滅亡してしまいました。私はそれを非常に残念なことだと思います。

今夜は満月です。この円形劇場から、きれいな月が見えます。あの月に旧人類は立ったのですね。皆さん四日間、お話を聞いていただき、ありがとうございました。どうぞ、お気をつけてお帰りください。

了

著者プロフィール
有田 裕子（ありた ひろこ）
長崎県生まれ。
『本の雑誌』を愛読する無名の新人。

ちはやぶる　神代の高千穂

2018年５月15日　初版第１刷発行

著　者　有田 裕子
発行者　瓜谷 綱延
発行所　株式会社文芸社
〒160-0022　東京都新宿区新宿1－10－1
電話　03-5369-3060（代表）
03-5369-2299（販売）

印刷所　株式会社フクイン

ISBN978-4-286-19378-6　JASRAC 出1802587－801